801 *B. S. Hiller*

Stille Post im Amtsgericht

Henselowsky Boschmann

Das Autoren-Ehepaar B. S. Hiller lebt an der Grenze zwischen Münsterland und Ruhrgebiet. An schönen Tagen können die beiden von ihrem Garten aus den Dampf der Kühltürme sehen, bei jedem Wetter Wiesen und Wallhecken. Sie haben schon immer gerne Geschichten erzählt. Seit ihre Kinder aber erwachsen sind und ihr Hund anderen Interessen nachhängt, fehlt es zunehmend an Publikum. Dies ist ihr erster Kriminalroman.

Gerichtsstraße 1, 46236 Bottrop
post@vonneRuhr.de
www.801ruhrgebiet.de
www.vonneRuhr.de
1. Auflage 2008
ISBN 978-3-922750-84-0
Herstellung: Westermann Druck Zwickau GmbH

Umschlaggestaltung: Marlies Bockhorn und Beate Gördes
www.sandwiches.culturebase.org

B. S. Hiller

Stille Post im Amtsgericht

Kriminalroman

801 *Ruhrgebiet*
Die anderen Seiten

»Er war ein guter Jurist und auch sonst von mäßigem Verstand.«
(Ludwig Thoma)

Für unsere Hunde, die immer bei uns sind.

Hinweis: Personen, Orte und Handlungen in diesem Roman sind frei erfunden, Ähnlichkeiten mit der Wirklichkeit wären also der reine Zufall. Wer glaubt, die eine oder andere Person wiederzuerkennen, den einen oder anderen Teil von Glandrop irgendwann durchquert oder schon mal Ähnliches erlebt zu haben, dem hat seine Phantasie einen Streich gespielt. Die erwähnten Oldtimer gibt es allerdings wirklich.

1

Wer eine fremde bewegliche Sache einem anderen in der Absicht wegnimmt, die Sache sich oder einem Dritten rechtswidrig zuzueignen, wird mit Freiheitsstrafe bis zu fünf Jahren oder mit Geldstrafe bestraft. In besonders schweren Fällen wird der Diebstahl mit Freiheitsstrafe von drei Monaten bis zu zehn Jahren bestraft. Ein besonders schwerer Fall liegt in der Regel vor, wenn der Täter zur Ausführung der Tat in ein Gebäude, einen Dienst- oder Geschäftsraum oder einen anderen umschlossenen Raum einbricht. (§§ 242, 243 Strafgesetzbuch; Diebstahl)

Conradi plädierte. Die Volontärin vom Glandroper Tageblatt, die über die Nachmittagssitzung des Schöffengerichtes berichten sollte, hing mit aufgerissenen Augen an seinen Lippen und vergaß, sich Notizen zu machen.

Auch die Mädchen aus der 10. Klasse des Ludger-Overbeck-Gymnasiums, die die harten Zuschauerbänke füllten – Rechtskunde in zwölf Doppelstunden einschließlich des Besuchs einer Sitzung des Schöffengerichts –, starrten ihn mit schwiemeligen Augen an, einige reckten ihre gepiercten Bauchnabel keck in die Mai-Sonne. Ihre männlichen Gegenstücke sahen betont gelangweilt durch die großen Glasfenster auf den halbleeren Gerichtsparkplatz.

Links neben mir ertönte plötzlich verdächtig gleichmäßiges Atmen, unterlegt mit kleinen Schnarchern. Der Schöffe an meiner rechten Seite hatte es auch gehört. Er stieß mich an und flüsterte: »Herr Vorsitzender, der pennt.«

Aus den Augenwinkeln sah ich möglichst unauffällig nach links. Tatsächlich, Eberhard Meier-Erkenschwick, Mitglied des Kulturausschusses und Schöffe am Amtsgericht, war sanft eingeschlafen. Offensichtlich kannte er Conradis Plädoyer ebenso gut wie ich.

Ich versetzte Meier-Erkenschwick, gedeckt durch den Richtertisch, einen Tritt auf den Fuß, woraufhin er mit lautem Schnaufen zusammenzuckte, hochschreckte und in die Wirklichkeit zurückkehrte.

Der Staatsanwalt grinste von einem Ohr bis zum anderen und duckte sich schnell hinter seine Akten, um die Würde des Gerichtes nicht zu beeinträchtigen.

Conradi hatte von alledem nichts mitbekommen, mittlerweile war er in voller Fahrt. »Ausgestoßen von der Gesellschaft, hatte er nie eine Chance«, rief er ins Publikum. Die linke Hand auf dem Herzen, deutete er mit der rechten weit ausholend auf den Angeklagten. »Sieht so ein Straftäter aus? Und wenn? Wer hat ihn dazu gemacht?«

Johann Baptist Conradi, selbsternannter Starverteidiger des nördlichen Ruhrgebiets und ständiger Gast in den Schlagzeilen bundesweiter Boulevardblätter, warf die mittlerweile graumelierte Mähne zurück und traf Anstalten, der Gerechtigkeit ein weiteres Mal zum Siege zu verhelfen. Sein Mandant sah skeptisch zu ihm auf und runzelte verwundert die Stirn.

Friedrich Kellermann erschien regelmäßig alle ein bis zwei Jahre, um sich wegen Einbruchdiebstahls verurteilen zu lassen. Er sah dies mittlerweile sportlich und hatte erkannt, dass seine Begabung nicht ausreichte, längerfristig in Freiheit zu leben. Seine Spezialität war es, durch solche Fenster einzusteigen, die für einen normalen Erwachsenen zu klein waren, für seine Jockeyfigur aber ausreichten. Dabei übersah er stets, dass die Polizei von Glandrop genau wusste, dass für einen solchen Einbruch nur er in Betracht kam. Außerdem gelang es ihm immer, irgendwelche Spuren zu hinterlassen, obwohl er Handschuhe trug. Diesmal hatte er zur Stärkung eine Flasche Bier mitgebracht und sie, erschöpft von der ungewohnten körperlichen Anstrengung, ausgetrunken. Allerdings hatte er vergessen, die leere Flasche mitzunehmen. Die DNA-Analyse war eindeutig.

Dies focht Conradi indes wenig an, der mittlerweile mit getragener Stimme bei seinen üblichen Phrasen über die traurige und entbehrungsreiche Kindheit des Angeklagten angekommen war. Der guckte erstaunt und fuhr sich über die grauen Stoppelhaare.

Ausnahmsweise hatte Conradi hier einmal Recht. Kellermann war in diversen Heimen aufgewachsen. Anscheinend gab es niemanden, dem etwas an ihm lag, vielleicht mit Ausnahme einer Schwester, bei der er immer dann wohnte, wenn er nicht gerade im

Knast war. Zu allem Überfluss stotterte Kellermann auch noch, vor allem wenn er aufgeregt war.

*

Endlich hatten wir es überstanden. Conradi beantragte donnernd Freispruch, einige Schülerinnen klatschten Beifall, und ich musste sie mit harschen Worten daran erinnern, dass sie hier weder im Fernsehen noch im Ferienflieger waren.

In der Beratung wurden wir uns schnell einig. Es gab die üblichen anderthalb Jahre. Bei der Urteilsverkündung nickte Kellermann zufrieden. Conradi hingegen wiegte das Haupt und murmelte etwas von Berufung. Einige der Schülerinnen schüttelten mit empörter Miene die Köpfe. Kellermann winkte ihnen fröhlich zu, als er wieder in seine Zelle gebracht wurde. Ich entließ die Schöffen, packte Robe und Gesetzesbücher zusammen und machte mich auf den Weg zum Fahrstuhl.

Im Foyer des Amtsgerichtes hatten sich die Mädchen um Conradi geschart, der ihnen mit großen Gesten und tönender Stimme Einblicke in die Schwächen des Justizsystems gewährte.

Ich stellte meinen Aktenkoffer ab und zündete mir unter dem riesigen Nichtraucherschild, das seit kurzem von der Decke baumelte, ein Zigarillo an. Der Staatsanwalt war schon verschwunden, kein Wunder um halb fünf nachmittags. Schließlich war seit vier Uhr offiziell Feierabend.

Conradi verbreitete sich weiter über seine Ruhmestaten bei der Verteidigung Unschuldiger. Endlich hatten aber auch die letzten seiner Fans genug und drängten zum Ausgang.

Ich suchte gerade nach einer Stelle, an der ich den Stummel meines Zigarillos unauffällig verschwinden lassen konnte, als Conradi auf mich zukam und mir den Arm um die Schultern legte – eine Geste, die ich auch nach zwanzig Jahren immer noch widerlich fand. Er flüsterte mir ins Ohr: »Nimmste mir doch nicht übel, musste doch verstehn, für die Galerie. Das Urteil war in Ordnung, Berufung machen wir trotzdem.« Er sah mich aus wässrigen blauen Augen an und kam noch näher. Ich erwartete eine weitere schnoddrige Banalität, aber plötzlich war er ganz ernst. »War ein langer Tag, wollen Sie noch auf einen Schluck zu mir kommen?«

Eigentlich hatte ich keine so große Lust mehr, irgendwo hinzugehen. Andererseits war meine Frau bei ihrer Mutter, und ich war auch nicht allzu scharf darauf, in meine leere Heimstatt zu kommen. Also nickte ich.

»Sie wissen, wo ich wohne?«

Ich wusste es.

Conradi hatte vor einigen Jahren eine ziemlich heruntergekommene Villa am anderen Ende von Glandrop gekauft. Sie war im 19. Jahrhundert für einen Grubendirektor gebaut worden. Klassizistisch und mit einigen Jugendstilansätzen lag sie in einem riesigen Garten, etwa 500 Meter von den Fördertürmen entfernt. Conradi hatte sie restaurieren lassen, und es kursierten die tollsten Gerüchte über den unerhörten Luxus, der ihn dort umgab.

*

Mit unserem Familienkombi fuhr ich westwärts über eine überlebensgroße Ausfallstraße, die eine optimistische Kommunalverwaltung in Erwartung riesiger Verkehrsströme gebaut hatte, die dann jedoch ausblieben.

Glandrop gehört zu den Städten, die sich nicht so recht entscheiden können, ob sie noch Münsterland sind oder schon Ruhrgebiet. Ich kam durch einige Stadtteile, die noch wie Dörfer aussahen, eine Bergarbeitersiedlung aus dem 19. Jahrhundert, Arbeiterwohnblocks aus den Dreißigern und sozialen Wohnungsbau aus den Fünfzigern. Rechts von mir dampften die Türme des Kraftwerks. Die Kokerei war vor nicht allzu langer Zeit abgerissen worden, ein großer Fortschritt für den Geruchssinn der Anwohner. Die letzte Zeche dämmerte ihrer endgültigen Schließung entgegen. Die ehemalige Zechenbahn war jetzt ein Fahrradweg, die alten Industriegebiete waren zu Gewerbeparks mutiert.

An einem Kiosk standen einige unverzagte Trinker. Glandrop hat gut 100.000 Einwohner und 15 Prozent Arbeitslosigkeit.

*

Conradi hatte Licht gemacht und erwartete mich bereits etwas verlegen und steif unter dem neugriechischen Portikus, der die Tür zierte. Vielleicht bereute er schon, mich eingeladen zu haben.

Ich war beeindruckt. Nichts von schwülem Luxus oder übertriebenem Lifestyle. Das Haus sah bis auf einige moderne Accessoires so aus, wie es sich der Architekt um 1880 ausgedacht hatte. Die Möbel passten, die Zimmer waren unverändert.

Ich sah Conradi an. »Toll, das hat Charakter.«

Er strahlte und fasste mich am Arm. »Ich hab einen Mordshunger. Kommen Sie!«

Wir gingen in die Küche. Dort herrschte offenbar keine Mamsell mehr. Vielmehr handelte es sich um die übliche Chrom- und Glas-Profiangelegenheit, die die einschlägigen Gazetten für unentbehrlich halten. Nirgends gab es irgendwelche Spuren einer Mitbewohnerin.

Wir fabrizierten das klassische Junggesellengericht: Brot und Spiegeleier, aßen in der Küche und redeten nicht viel. Conradi wirkte immer noch befangen.

Schließlich stand er auf. »Haben Sie Lust, ne Runde zu schwimmen?«

»Haben Sie einen Pool im Garten? Da dürfte es jetzt ein bisschen kalt sein.«

»Ich hab ein Dach drüber.«

Neugierig trottete ich hinter ihm her.

Wir gingen ein paar Stufen hinunter und befanden uns plötzlich in einem neuen Anbau, viel Holz und

Sichtbeton, links die Sauna, rechts Dusche und Klo und eine Umkleidekabine.

»Badehosen liegen da drüben. Falls Sie nichts dagegen haben, eine von mir anzuziehen.«

Hatte ich nicht.

*

Als ich die Umkleidekabine verließ, hörte ich es aus einiger Entfernung bereits platschen und schnaufen. Ich folgte den Geräuschen und kam in eine hell erleuchtete hypermoderne Schwimmhalle, vielleicht zehn Meter lang und fünf Meter breit.

Aber das alleine war's nicht. Die Schwimmhalle war durch eine Glaswand von einer Garage abgetrennt, und in der stand ein Aston Martin DB5, der berühmte James-Bond-Goldfinger-Aston Martin. Auch noch in British Racing Green. Ich sperrte Mund und Nase auf, kam mir etwas dämlich vor und ging auch ins Wasser.

Wir schwammen schweigend eine Weile hin und her, bis ich es schließlich nicht mehr aushielt. »Wo haben Sie denn den her?«

»Aus der Schweiz. Ich war da für ein paar Tage in Urlaub. Hab ihn in der Zeitung gefunden und gleich mitgebracht.«

»Linkslenker?«

Er nickte, geriet dabei mit der Nase unter Wasser und kam prustend wieder hoch. »Ist die ganze Zeit in der Schweiz gelaufen. Ich musste einiges machen lassen.« Planschend schwamm er näher heran. »Sie haben doch auch so was.«

Ich wunderte mich, dass er über mein Hobby Bescheid wusste. Aber wahrscheinlich gehört es zum Handwerkszeug eines guten Verteidigers, die Eigenheiten der Richter, mit denen er zu tun hat, gut zu kennen. Ich hatte nämlich einen VW-Käfer von 1957 wieder aufgebaut und schraubte so viel wie möglich selber. Einerseits, weil's mir Spaß macht, andererseits, weil es erheblich billiger ist als eine Werkstatt.

Angenehm entspannt und wieder trocken landeten wir schließlich in Conradis Herrenzimmer, eingerichtet wie ein Londoner Club der dreißiger Jahre, redeten über alte Autos und tranken reichlich Bier. Gegen Mitternacht rief ich ein Taxi und ließ mich durch den Nieselregen nach Hause fahren.

Schöner Abend. Trotzdem: Wiederholen wollte ich ihn nicht. Mir wäre es unangenehm gewesen, gerade zu Conradi ein zu enges privates Verhältnis zu bekommen, das er irgendwann hätte ausnützen können.

2

Die Landgerichte werden mit einem Präsidenten sowie mit Vorsitzenden Richtern und weiteren Richtern besetzt. (§ 59 Absatz 1 Gerichtsverfassungsgesetz)

Am nächsten Morgen hatte ich einen dicken Kopf. Ich trank reichlich Kaffee und holte unser Auto ab, das brav in Conradis Auffahrt gewartet hatte. Das Haus sah unbewohnt und ein wenig düster aus.

Ich hatte versprochen, meine Frau von ihrer Mutter in Gütersloh abzuholen. Richter haben keine festen Arbeitszeiten, also hatte ich die Arbeit auf den Nachmittag verschoben.

Claudia war mit dem Zug gefahren, lange Strecken fährt sie nicht gern mit dem Auto, die Bahn kann sie allerdings auch nicht besonders leiden.

Mühsam kämpfte ich mich zur A 2 durch und landete schließlich in dem ortsüblichen Stau bei Hamm, einer neuen Sehenswürdigkeit, die den schnellen Brüter abgelöst hat.

Es war schon fast Mittag, als mir Claudia mit leicht komatösem Blick die Tür von Schwiegermutters Seniorenappartement öffnete. Noch bevor wir eheliche Freuden austauschen konnten, krähte eine fröhliche Stimme aus dem Hintergrund: »Ist das Alexander? Ich will zu McDonalds.«

Meine Frau sackte zusammen.

Also lauschten wir bei Fritten und Gummibrötchen den detaillierten Beschreibungen von Omas Verdauungsbeschwerden.

Claudia sah mich flehend an.

Ich versteckte meinen Hamburger unter einem Haufen Papierservietten und beugte mich vor. »Oma?«

Sie stockte, schnappte sich meinen Hamburger und biss begeistert hinein.

Ich kam verschwörerisch noch etwas näher und flüsterte: »Wir müssen los. In zwei Stunden kommt der Staatsanwalt zu mir. Es geht um eine Überwachung. Streng vertraulich. Also …«

Sie nickte glücklich. Meine Schwiegermutter liebt alle Vertraulichkeiten, die noch nicht in der Bild-Zeitung standen und die sie ihren Doppelkopfschwestern weitererzählen kann.

Kaum war uns die Flucht gelungen, kehrten wir im nächstbesten Café ein. Nach mehreren Cappuccino und zwei Stücken Käsesahne fühlten wird uns kräftig genug, den Heimweg anzutreten.

Claudia schlief unterwegs ein. Als ich sie zu Hause absetzte, gab sie mir einen müden Kuss und murmelte: »Mach nicht zu lange.«

Ich dachte beklommen an den Aktenhaufen, der im Büro auf mich wartete.

*

Die fünfte Etage des Amtsgerichts, in der sich mein Büro befindet, war menschenleer. Kein Wunder um Viertel nach vier an einem wunderschönen Nachmittag.

Das Amtsgericht liegt im Zentrum von Glandrop und ist ein Klinkerbau aus den späten sechziger Jahren. Auch wenn man nicht weiß, was es ist, sieht man doch schon aus der Ferne, dass es irgendetwas Offizielles sein muss. Die Wahl bleibt eigentlich nur zwischen Polizeiwache, Gesundheitsamt und Justizpalast.

In den achtziger Jahren musste angebaut werden. Erstaunlicherweise ist das architektonisch gut gelungen. Das Amtsgericht ist insgesamt eines der hübschesten Gebäude des Glandroper Zentrums, in dem sonst Billigketten, Pornoshops und Videotheken dominieren.

Ich öffnete das Fenster und blickte über die Grünflächen der Stadt auf die wahrscheinlich letzten Fördertürme des nördlichen Ruhrgebiets.

Aus der Etage unter mir tönte gedämpftes Fluchen. Kollege Sedlarczek, seines Zeichens Familienrichter, war offenbar auch noch anwesend und kämpfte mit seinen Akten. Anton Sedlarczeks Großvater war irgendwann in den zwanziger Jahren aus Oberschlesien nach Glandrop gekommen. Anton sprach fließend Polnisch, ein Umstand, der sich schon einige Male als sehr hilfreich erwiesen hatte, wenn Angeklagte urplötzlich ihre Deutschkenntnisse vergessen hatten.

Sedlarczek machte seinen Gefühlen über die fehlgeleiteten Ausführungen eines offenbar ahnungslosen Rechtsanwaltes in bildhaften Worten Luft. »Nichtsnutziger Schablonenschwätzer«, tönte es durch die laue Frühlingsluft. »Hobbyjurist!«

Ich hörte ergriffen zu. Schließlich fiel mir keine Ausrede mehr ein, mich vor dem Aktenhaufen zu drücken, der neben meinem Schreibtisch wartete. Seufzend ließ ich mich in meinen justizeigenen Bürosessel fallen.

Auf dem Schreibtisch lag ein blauer Zettel, der offensichtlich sofortige Beachtung forderte. Meine Akten hatten also doch noch etwas Zeit. Auf dem Zettel stand: ›Präsidentin anrufen!‹ Eindeutig eine Botschaft von Siggi. Sie ist Justizamtsinspektorin und Geschäftsstellenverwalterin, also für normale Menschen außerhalb der Justiz: Bürochefin. Sie führt die Akten, sorgt dafür, dass Angeklagte, Zeugen und Sachverständige geladen werden, und hält mir aufdringliche Reporter vom Hals. Ohne Siggis Organisationstalent und ihr gleichermaßen strenges Auftreten gegen jedermann und jederfrau wäre die Strafabteilung wahrscheinlich längst zusammengebrochen. Ansonsten ist sie Mitte vierzig, hat kurze, zur Zeit rote Haare, kommt aus Glandrop und lebt zusammen mit Mann und Hund und einer unbekannten Anzahl Zwergkaninchen in einem Kotten am Rande der Stadt.

Zwei Dinge kann Siggi nicht leiden: ihren Vornamen Sieglinde – »Ich bin doch keine Kartoffel« – und die Präsidentin des Landgerichts, Dr. Marianne Potthoff. Die hatte sie nur einmal kurz gesehen, bei deren Antrittsbesuch, und sofort verabscheut: »Arrogante Karriereziege!« An diesem Urteil würde sich nichts mehr ändern.

Dr. Marianne Potthoff war seit einigen Jahren Präsidentin des Landgerichts. Etwas älter als Siggi, aber immer noch die jüngste Präsidentin im ganzen Lande und zu einer großen Karriere ausersehen. Mittelgroß, Designerkostüm, Designerschuhe, sportliche Designerfrisur: ganz der Inbegriff der zurückhaltend geschmackvoll gestylten Karrierefrau. Kein Supermodel, aber auch keine Angela Merkel.

Was sie wohl von mir wollte?

Hatte ich etwas angestellt?

Spontan fiel mir nichts ein.

Trotzdem befiel mich leichtes Unbehagen – denn wissen konnte man nie, ob denen da oben etwas aufgestoßen war.

Schließlich siegten meine Neugier und die Unlust über den Aktenhaufen und ich rief an.

»Potthoff«, meldete sie sich.

Ich war im ersten Augenblick baff – aber auch beim Landgericht war es schon nach vier und das Vorzimmer verwaist.

»Bahnsen, Amtsgericht Glandrop.«

Ihre Stimme schaltete sofort in die Tonlage, die üblicherweise für die Laudatio beim Abschied verdienter Richter reserviert ist. »Wie schön, dass Sie sofort zurückrufen. Es hat sich hier etwas ergeben. Ich würde mich freuen, wenn Sie so bald wie möglich vorbeikommen könnten.«

Ich schluckte.

War meine Sorge vielleicht doch unberechtigt? Andererseits bedeutet die Freundlichkeit der Mächtigen gar nichts.

»Wie wär's mit morgen?«

»Morgen bin ich im Ministerium und übermorgen … – Ich weiß, es ist schon spät, aber hätten Sie heute Zeit?«

Nun wurde ich aber wirklich unruhig.

Allerdings würde mich eine Fahrt nach Gelsenkirchen vor dem Aktenhaufen bewahren. Zumindest für heute.

*

Eine halbe Stunde Fahrt über die B 224 später war ich beim Landgericht. Die Fassade stammt aus den Gründerjahren und steht unter Denkmalschutz. Nur aus diesem Grund ist sie auch stehen geblieben, als vor ein paar Jahren ein moderner Beton-Glas-Stahl-Justizpalast gebaut wurde, der sich jetzt hinter der wilhelminischen Renaissance versteckt.

Der Justizwachtmeister am Eingang sah mich argwöhnisch an und fragte nach meinem Dienstausweis, als ich an der Sicherheitskontrolle vorbei den Eingang für Bedienstete benutzten wollte.

Innen ist das Landgericht ziemlich langweilig und steril. Lauter kleine Büroschachteln, die sich um große Schachteln gruppieren, in denen die Sitzungssäle und Lichthöfe mit Wartebereichen untergebracht sind. Die Präsidentin residierte natürlich in der größten Schachtel.

Die Tür zum Vorzimmer stand offen.

Ich klopfte schüchtern.

Sofort erschien Frau Dr. Potthoff und schaltete ihr Vernissage-Eröffnungslächeln an. »Herr Bahnsen, wie schön, dass Sie kommen konnten.« Sie dirigierte mich an einen Besprechungstisch, wo schon zwei Gläser Wasser und zwei Cappuccino warteten. »Nehmen Sie Platz, wie geht es Ihnen?«

Die Präsidentin schien sich wirklich für meine gestotterte Antwort zu interessieren, hörte mir aufmerksam zu und nippte an ihrem Cappuccino. Schließlich beugte sie sich vor und blickte mir in die Augen. »Herr Bahnsen, es könnte sich da etwas ergeben. Wären Sie an einer Beförderung zum stellvertretenden Direktor interessiert?«

Ich zuckte zusammen. Ich halte mich zwar für einen ganz guten Richter, war aber bisher noch nicht darauf gekommen, dass ich bei irgendwelchen Beförderungsüberlegungen eine Rolle spielen könnte. Ich war zufrieden mit meinem Leben als unabhängiger und freier Amtsrichter und hatte nie Lust auf die so genannte Erprobung beim Oberlandesgericht verspürt, fast immer die Voraussetzung für eine Beförderung.

Ich nickte trotzdem.

»Das ist schön. Ich kann noch nichts Näheres sagen, aber innerhalb der nächsten Tage werde ich mich melden.«

Sie zögerte kurz.

»Dann wäre da noch was.«

Aha, jetzt kam der Pferdefuß. Wahrscheinlich irgendeine ekelhafte Aufgabe, Ermittlungen in einem Disziplinarverfahren oder so was.

»Sie kennen doch Rechtsanwalt Conradi.«

Ich nickte wieder.

»Mir … ist da zugetragen worden, dass es irgendwelche Schwierigkeiten geben könnte. Wissen Sie was darüber?«

Ich war überrascht. Gestern Abend bei Spiegelei und Wassersport hatte Conradi einen ziemlich fröhlichen Eindruck gemacht. Er war zwar bei seinen Anwaltskollegen nicht sonderlich beliebt, schon wegen seiner aggressiven Eigenwerbung, aber ansonsten?

»Schwierigkeiten?«, fragte ich.

Die Präsidentin tippte sich mit ihrem goldenen Kugelschreiber auf die Unterlippe. »Nun … hier am Landgericht gibt es Gerüchte über Unregelmäßigkeiten mit Mandantengeldern. Vielleicht wissen Sie Genaueres?« Sie lächelte flüchtig. »Sie sind ja näher dran.«

Ich schüttelte den Kopf. »So gut kenn ich ihn auch nicht. Er verteidigt halt manchmal bei mir, und wir haben das gleiche Hobby. Spielen allerdings nicht in derselben Liga.«

»Bitte was?«

»Wir interessieren uns beide für alte Autos. Aber er hat einen Aston Martin und ich einen VW Käfer. Da kommt man nicht allzu oft zusammen.«

»Aha. Falls Sie irgendetwas hören sollten, wäre ich Ihnen dankbar, wenn Sie mich informieren würden. Ein Skandal in der Anwaltschaft fällt immer auch auf den Bezirk zurück.«

Sie knipste ihr Lächeln wieder an und erhob sich.

Ich bedankte mich und machte mich einigermaßen verwirrt auf den Heimweg.

*

Eine Stunde später war ich mit Frau und Hund im Wald unterwegs. Claudia ist seit dreißig Jahren meine Frau, Zenta seit zehn Jahren unser Hund. Sie hatte die letzten beiden Tage bei Nachbarn verbracht, einem Tierarzt-Ehepaar, mit deren steinaltem Spaniel das Sofa geteilt und dessen Futter geklaut. Sie hatte es deutlich besser getroffen als Claudia bei ihrer Mutter.

Als ich nach Hause gekommen war, waren beide ganz spontan auf die Idee gekommen, dass ich Bewegung und frische Luft brauchte; also wanderten wir jetzt durch den Stadtwald.

Ich erzählte Claudia von meinem Gespräch mit der Präsidentin.

Meine Frau glaubt selten an das Gute im Menschen. »Das ist doch nur ein Trick. Wahrscheinlich will sie rausfinden, ob irgendwas bei Conradi läuft, damit sie die Sache von Anfang an in die Hand nehmen und als große Aufklärerin dastehen kann. Ich wette mit dir: Das Beförderungsangebot wird sich irgendwie in Luft auflösen.«

Aber warum die Präsidentin ausgerechnet mich als Informanten ausgesucht hatte, wusste Claudia auch nicht.

3

Der 1. Oldtimer-Club Dorsfeld veranstaltet als touristische Veranstaltung in Zusammenarbeit mit dem Verkehrsverein, der Veteranen-Fahrzeug-Interessengemeinschaft und dem Veteranen-Fahrzeug-Verband e. V. die 4. Dorsfelder Oldtimer-Rallye mit Mannschafts- und Einzelwertung.
Teilnahmebedingungen: Nenn- und teilnahmeberechtigt an der Mannschafts- und Einzelwertung sind alle Besitzer und Führer von Fahrzeugen bis zum Baujahr 1970. Lizenzen und besondere Ausweise sind nicht erforderlich. (Ausschreibung des 1. Oldtimer-Clubs Dorsfeld)

Am Samstag war ich mit Hermann zur 4. Rallye des 1. Oldtimer-Clubs Dorsfeld verabredet.

Hermann Tobüren ist mein bester Freund. Er ist Staatsanwalt. Wir haben uns in Bochum kennengelernt. Als junger Richter musste ich ein Jahr zur Staatsanwaltschaft; Laufbahnwechsel nennt man so was. Und damit die Jungrichter nicht mehr Unsinn anstellen als unbedingt nötig, bekommen sie in der ersten Zeit einen erfahrenen Staatsanwalt zur Seite, der ihnen zeigen soll, wie es läuft. Ich bekam Hermann, und wir freundeten uns schnell an.

Hermann ist Ruhrgebiet pur. Er ist in Bochum aufgewachsen, an der Grenze zu Essen, im Schatten des

Eisenbahnmuseums Dahlhausen. Sein Vater war bei der Bahn und puzzelt noch als Rentner im Museum herum, restauriert Lokomotiven und Eisenbahnwagen aus der Kaiserzeit.

Hermann ist bekennender und unverbrüchlicher Fan von Rot-Weiß-Essen. Als Junge hat er noch Helmut Rahn spielen sehen, später Ente Lippens, und nach ein paar Bierchen fällt die ganze akademische Bildung ab, und er erzählt im breitesten Ruhpottdialekt von den heroischen Kämpfen an der alten Hafenstraße.

Herrmann ist ein bisschen pummelig, die Haare werden auch immer weniger, aber mancher Starverteidiger hat schon beklommen feststellen müssen, dass man sich besser nicht mit ihm anlegt, wenn er in Form ist. Er ist glücklich als Staatsanwalt für Kapitaldelikte, wie es offiziell heißt, sprich: für Mord und Totschlag; glücklich und zufrieden genau wie ich mit meinem Schöffengericht.

Uns fehlt beiden das Karriere-Gen.

*

Ich hatte verschlafen und war spät dran. Hermann erwartete mich zappelig vor der Tür, bewaffnet mit einem Picknickkorb, angetan mit einem Hawaiihemd und einer Lederjacke, die ihm wahrscheinlich schon vor dreißig Jahren zu klein gewesen war. Er hatte gemeint, wir sollten uns im Stil der fünfziger Jahre anziehen, passend zu meinem Käfer.

Es dauerte eine Weile und einige versteckte Drohungen, bis ich ihm wenigstens die Lederjacke ausreden konnte. Das Hawaiihemd behielt er an.

Start und Ziel der Rallye war das Stadion des DJK Dorsfeld. Dorsfeld ist ein großes Dorf nördlich der Lippe, einerseits noch ländlich, andererseits eingeholt von dem, was an Bergbau noch übrig ist. So recken sich zwischen Maisfeldern moderne Fördertürme in den Himmel und lassen die ganze Szenerie leicht surreal erscheinen.

Wir zockelten mit 70 über die Bundesstraße. Hinter Glandrop überholte uns laut hupend ein schwarzer Volvo Amazon mit dicken Reifen. Der Beifahrer winkte uns fröhlich zu. Hermann kicherte: »Wetten, dass der auch verschlafen hat?«

Ich würdigte ihn keiner Antwort. So lange hatte ich ihn ja auch nicht warten lassen.

Kurz vor Dorsfeld drängelte sich ein offener Jaguar E an uns vorbei und scherte knapp vor einem entgegenkommenden Trecker wieder ein. Der Fahrer trat aufs Gas, dass es qualmte, und drohte uns mit der Faust.

Hermann sah ihm versonnen hinterher. »So einen hätte ich auch gerne – das Auto, meine ich.«

Ich stieß ihm leicht in die Seite. »Untersteh dich. Du weißt, was deine Familie sagt.«

Hermann ist, was alte Autos angeht, noch verrückter als ich, und das will schon was heißen. Weil er keinen eigenen Oldtimer haben darf, fährt er, so oft es geht, mit mir.

Hermann ist nämlich bei jeder handwerklichen Tätigkeit eine wandelnde Katastrophe. Vor einigen Jahren hatte er stolz einen Kleiderschrank zusammengebaut, der folgerichtig einstürzte, als seine Schwiegermutter eine Jacke hineinhängen wollte. Es dauerte in ihren Augen unziemlich lange, sie aus den Trümmern zu befreien. Seitdem sollen ihre Besuche seltener geworden sein. Frau und Kinder haben ihm danach jede handwerkliche und technische Tätigkeit verboten. Sie befürchten – wahrscheinlich zu Recht –, er könnte damit sich und andere in Lebensgefahr bringen.

Am Clubheim vorbei fuhren wir ins Stadion hinein. Am Eingang zeigten wir unsere Anmeldepapiere und die Quittung, die nachwies, dass wir die Startgebühr bezahlt hatten. Ein Glatzkopf mit rotem Gesicht übergab uns Streckenbeschreibung und Programm. Er trug eine schwarze Bomberjacke mit dem Aufdruck »1. Oldtimer-Club Dorsfeld«.

Zunächst sollte es eine Orientierungsfahrt von etwa zwei Stunden geben »rund um unser schönes Dorsfeld im Münsterland«. Die Beschreibung hatte offenbar ein verkannter Poet verfasst. Sie leitete uns vorbei an Zechen – »Flöze zur Linken, Kohle tut winken« – und Schlössern – »seit Zeiten von Napolium ging mancher Geist hier nächtens um« – zurück zum Stadion.

Hermann navigierte emsig mit Klemmbrett und Straßenkarte auf dem Schoß, während ich versuchte, den ehrgeizigen Mitstreitern nicht zu sehr im Weg zu sein, die uns mit verbissener Miene überholten und mit ihrer professionellen Ausrüstung prahlten. Ich mag solche Veranstaltungen nicht besonders, weil sie von vielen so bierernst genommen werden. Hermann hatte aber so lange gequengelt, bis ich schließlich nachgab.

An einem Landgasthof, in dem angeblich Napoleon übernachtet hatte, trafen wir wieder auf die Jaguarbesatzung, zwei junge Schnösel mit pelzverbrämten Pilotenjacken, Navigationssystem und einer Batterie Stoppuhren.

Hermann stieg aus, um die Widmung an einem Gedenkstein abzuschreiben, der das historische Ereignis feierte. Als er einen Kugelschreiber suchte, fiel ihm sein Klemmbrett herunter. Die Jaguare rümpften die Nase und verließen den Parkplatz mit quietschenden Reifen. Hermann zuckte mit den Achseln. »Die tun so, als wenn sie die Rallye Monte Carlo gewinnen wollten.«

Wir fanden schließlich alle Orientierungspunkte, auch eine alte Brauerei, versagten uns aber tugendhaft einen Probeschluck.

*

Souverän dirigierte Hermann mich zurück. Kurz vor dem Stadion strahlte er mich stolz an, vergaß dabei die letzte Abzweigung anzusagen und verpasste die Einfahrt zum Stadion, so dass wir unversehens in einer Waschanlage für LKW landeten. Wir kamen mit quietschenden Bremsen hinter einem 40-Tonner zum Stehen. Als sich einige vierschrötige Fernfahrer näherten, wurde Hermann unruhig. »Komm, lass uns hier lieber abhauen.«

Ich setzte zurück, und der Käfer sauste, so schnell ihn seine Reifen trugen, zwischen einem Tanklastzug und einem Trecker wieder auf die Straße. Hermann wischte sich über die Stirn und guckte belämmert. »Bo ey, dat war knapp!«

Hungrig und zufrieden rollten wir zurück ins Stadion, suchten uns eine ruhige Ecke und stellten unsere Campingstühle – im Stil der fünfziger Jahre – neben das Auto, um dem Picknickkorb zu Leibe zu rücken.

»Herr Vorsitzender, Herr Staatsanwalt!«, tönte es plötzlich laut über den Platz.

Leicht verschreckt sahen wir auf. Wir haben es beide nicht so gerne, wenn unsere Berufe in der Öffentlichkeit laut herausposaunt werden. Das schafft zuweilen Distanz. Die Leute denken dann immer gleich an die Süßigkeiten, die sie mit sieben im Supermarkt mitgenommen, und den Joint, den sie mit achtzehn geraucht haben. Hektisch schauten wir uns um und versuchten, den Urheber der Rufe auszumachen. Wir sahen aber nur die beiden Schnösel im Jaguar, die gerade über die Laufbahn rauschten und eine rote Staubwolke hinter sich herzogen.

»Herr Vorsitzender, Herr Staatsanwalt, hier!«, röhrte es erneut.

Es war Conradi. Hinter uns, direkt neben dem Eingangstor, hatte er sich mit einem offenen, leuchtendgelben, wunderschönen Ferrari Daytona und einer ebensolchen silikonverstärkten Blondine installiert, die höchstens halb so alt war wie er. Beide prosteten uns neckisch mit Sektgläsern zu.

Die Jaguare hatten mittlerweile vor der baufälligen Tribüne geparkt und starrten uns mit einer Mischung aus Verwunderung und Ekel an.

»Kommen Sie doch rüber«, trompete Conradi, »hier reicht's für alle!«

Hermann zuckte mit den Schultern, stand auf, packte Klappstuhl und Picknickkorb wieder in den Kofferraum und öffnete die Beifahrertür. Nach kurzem Zögern folgte ich ihm. Wir fuhren quer durchs Stadion und stellten uns neben den Ferrari. Der immerhin war klasse.

Conradi kam auf uns zu, stellte sich zwischen uns, legte jedem einen Arm um die Schultern und zog unsere Köpfe verschwörerisch zu sich herunter. »Das ist Mandy.« Er meinte offenbar die Blondine.

Die lächelte schneeweiß. »Sind das Freunde von dir, Jonny?«

Sie sprach Sächsisch, aber das störte Conradi wohl nicht. Ein perfektes Gesicht. Der Eindruck der Perfektion wurde durch eine kleine Lücke zwischen den oberen Schneidezähnen noch verstärkt.

»Das sind sehr gute Freunde von mir.« Conradi grinste wie ein Gebrauchtwagenhändler. »Ich hoffe, du lernst sie niemals näher kennen. Da könnte noch nicht einmal ich dir helfen.« Und dann lachte er sich über seinen eigenen Witz halbtot.

Wir befreiten uns aus seinem Schmusegriff und inspizierten den Ferrari. Conradi öffnete die Motorhaube, trat einen Schritt zurück und sagte mit ernsthaftem Stolz: »Baujahr 65, Import aus Kalifornien. Der Sachverständige sagt, die Meilenangabe ist echt.«

Ich guckte ins Cockpit. »7395.«

Conradi nickte. »Den hat jemand als Geldanlage gekauft und stehen lassen. Die Erben haben ihn versteigert. Ich glaube nicht, dass es so einen noch mal gibt.«

Wir nickten ehrfürchtig. Diese automobile Ikone war wahrscheinlich teurer gewesen als ein veritables Einfamilienhaus im Zentrum von Glandrop.

Hermann und ich umkreisten den Ferrari voller Bewunderung. Conradi streichelte zärtlich über die geschwungenen Kotflügel.

Neben ihm blieb ein älteres Ehepaar stehen. »Sieh mal, Ilse, ein Jaguar«, meinte der Ehemann mit wichtiger Miene, fasste seine Frau am Ellenbogen und zog sie weg, um sie weiter mit seinem Fachwissen zu beglücken. »Ist das ein Postauto?« Ein kleines Mädchen zupfte Conradi an der Hose. Der liebkoste abwesend weiter den Lack.

Eigentlich habe ich für solche Edelautos nicht viel übrig. Mich haben schon immer mehr die einfachen Massenvehikel fasziniert, die eine ganze Epoche bestimmen und dann auf einmal verschwunden sind. Aber dieses Ding war wirklich eine Wucht.

Plötzlich fiel mir etwas ein. Ich stieß Conradi an. »Und was ist mit dem Aston Martin?«

»Steht in der Garage. Den hier habe ich erst gestern abgeholt.«

Manche Menschen sind eben wirklich gleicher als andere.

Ich stand noch in stummer Bewunderung da, als sich hinter mir jemand räusperte. Ich drehte mich um. Da stand ein älterer Herr in grauer Flanellhose und Blazer, den das Wappen des 1. Oldtimer-Clubs Dorsfeld – zwei gekreuzte Schraubenschlüssel über einem Speichenrad – zierte.

»Sind Sie der Eigentümer?«

Ich nickte.

Er lächelte anerkennend. »Wollen Sie den Wagen zum Concours d'Elegance anmelden?«

Ich liebe meinen Käfer sehr, aber er hat im Laufe der Jahre einige Grübchen und Kratzer abbekommen, die ich nicht wegrestauriert habe. Ich finde, das gibt ihm Charakter, prädestiniert ihn aber nicht gerade für die Teilnahme an einem Schönheitswettbewerb.

»Ich weiß nicht recht.«

Der Schönheitsfunktionär sah mich ungläubig an. »Aber ein solches Prachtstück …« Mit der rechten Hand deutete er auf Conradis Ferrari.

Mir ging ein Licht auf. Ich zeigte auf den Käfer. »Das ist meiner.«

Seine Augenbrauen wanderten mindestens drei Zentimeter nach oben. Seine Hand zuckte zurück, als hätte ich Läuse.

Ich deutete auf Conradi. »An den Herrn da müssen Sie sich wenden.«

Der war gerade dabei, Hermann in die Geheimnisse der sechs Doppelvergaser einzuweihen.

Der Funktionär knöpfte seinen Blazer zu und streckte das Kinn nach vorn. »Mein Herr, Sie verzeihen bitte …«

Conradi unterbrach seinen Vortrag.

Der Blazerträger verbeugte sich zackig. »Organisationskomitee, von Beyer. Ich komme wegen des Concours d'Elegance.«

»Aber selbstverständlich.« Conradi strahlte ihn an, legte ihm den Arm um die Schultern und ließ Hermann stehen.

Endlich konnten wir unsere Klappstühle auspacken und mit dem Picknick beginnen. Mandy ließ ihr Sektglas sinken und betrachtete fassungslos, wie wir im Stil der Fünfziger Buletten und Kartoffelsalat vertilgten. Dazu eine Sinalco.

*

Wir sahen uns den Concours d'Elegance später an. Selbstverständlich gewannen Conradi und sein Ferrari. Sie strahlten mit einem riesigen Pokal um die Wette. Die beiden Jaguarschnösel wurden zweite und hielten säuerlich grinsend eine schäbige Urkunde hoch.

4

Den Beamten und Beamtinnen des Justizwachtmeisterdienstes obliegt: die Aufrechterhaltung der Ruhe, Ordnung und Sicherheit in den Justizgebäuden einschließlich der dazu erforderlichen Maßnahmen im Rahmen des Sicherheitskonzeptes die Wahrnehmung des Dienstes in den Terminen und Sitzungen – auch außerhalb der Gerichtsstelle – einschließlich des Vollzuges sitzungspolizeilicher Maßnahmen nach den Weisungen des Vorsitzenden, bei dessen Abwesenheit erforderlichenfalls aus eigenem Entschluss die Vorführung der Gefangenen zu Terminen und Sitzungen sowie die zwangsweise Vorführung anderer Personen, die Bewachung der vorgeführten, in Haft genommenen oder auf besondere Anordnung zu beaufsichtigenden Personen innerhalb der Justizgebäude, die Ausführung von Anweisungen, welche das Festhalten, die vorläufige Festnahme, die Vorführung oder Verhaftung einer Person sowie Durchsuchungen oder Beschlagnahmen betreffen, ferner die Hilfeleistung bei solchen Maßnahmen, die Zustellung von Schriftstücken gemäß §§ 211, 212 ZPO (NRW Justiz)

Dienstagmorgen um zehn saß ich mit Hermann in der Kantine des Amtsgerichts. Wir hechelten noch einmal die Rallye durch und klatschten über die neuesten Skandale bei Staatsanwaltschaft und Gerichten.

Eigentlich hatten wir den ganzen Tag in einer Raubsache verhandeln wollen. Conradi sollte verteidigen, war aber nicht aufgetaucht. Wir hatten eine halbe Stunde im Gerichtssaal gewartet, bis ich schließlich sein Büro anrief. Auch dort wusste man nicht, wo er steckte. Also hatte ich um halb zehn Schöffen, Zeugen und Angeklagte nach Hause geschickt und ließ mich von Hermann, den die Aussicht auf einen freien Tag spendabel gemacht hatte, auf einen Kaffee einladen.

Wir pafften gemütlich vor uns hin, ich ein Zigarillo und Hermann eine Zigarre von zweifelhafter Herkunft, als Justizwachtmeister Hilsenkamp mit hochrotem Kopf in die Kantine gerannt kam. Diese Art der Fortbewegung ist für diese Berufsgruppe eher ungewöhnlich. Wir sahen ihm also erwartungsvoll entgegen.

»Wissen Sie schon?«, keuchte Hilsenkamp.

Wir schüttelten synchron die Häupter.

»Conradi ist tot. Unfall. Mit seiner alten Karre, seinem Oldtimer. Die Polizei hat gerade angerufen. Irgendwo zwischen Haltern und Datteln.«

Hermann verschluckte sich an seinem Zigarrenrauch und bekam einen Hustenanfall. »Wann ist das passiert?«, krächzte er schließlich.

»Irgendwann in der Nacht. Gefunden haben sie ihn aber wohl erst heute Morgen.«

Wachtmeister Hilsenkamp machte große Augen und genoss es sichtlich, im Zentrum der Aufmerksamkeit zu stehen.

Ich nickte ihm freundlich zu. »Danke, Herr Hilsenkamp.«

Er sah uns erwartungsvoll an. Weil ihm aber offenbar nichts mehr einfiel, zog er schließlich widerwillig ab und stolperte dabei über Herrmanns Aktentasche. Wahrscheinlich hatte er gehofft, dass Hermann als Staatsanwalt für Mord und Totschlag sofort aufspringen und die Ermittlungen aufnehmen würde.

Hermann rührte in seinem Kaffee. »Conradi ist tot«, sagte er leise. »Ich hab ihn nicht sehr gemocht. Seit ich bei der Staatsanwaltschaft bin, habe ich mich immer mal wieder mit ihm gestrubbelt. Komisches Gefühl, dass er weg ist.«

Ich nickte.

Hermann trank einen Schluck. Dann setzte er die Tasse langsam ab. »War er eigentlich verheiratet?«

»Ich glaube, er war's mal. In letzter Zeit gab's da wohl nur ab und zu eine Freundin. Denk an Mandy.«

Hermann tunkte ein Stück Zucker in seinen Kaffee und sah zu, wie es langsam braun wurde. »Kanntest du ihn näher?«

Ich zuckte mit den Achseln. »Wenn wir uns unterhalten haben, dann über gemeinsame Fälle oder alte Autos. Von denen verstand er wirklich was. Ich glaube, mehr hat er auch nicht gehabt.«

Hermann trank den Kaffee aus und stand auf. »Wenn ich schon mal hier bin, kann ich ja mal die Polizei fragen. Bei einem Unfall gibt es für mich zwar nichts zu tun, aber ich bin neugierig. Außerdem ist das viel spannender als deine langweiligen Schöffenverhandlungen.«

Als er das sagte, war er fast schon an der Kantinentür und damit in Sicherheit. Den Kaffee hatte er auch nicht bezahlt.

Ich drückte mein Zigarillo aus und wollte mich gerade aufraffen, als Wachtmeister Hilsenkamp erneut atemlos anmarschiert kam. Er hatte die freundschaftlichen Beziehungen der Wachtmeisterei zur Polizei genutzt, um weitere, möglichst blutrünstige Details zu erfahren.

Viele waren es nicht. Conradi war am Morgen von einem Bauern gefunden worden, als der mit dem Trecker über sein Feld fuhr. Er war zwischen Haltern und Datteln in einer leichten Rechtskurve von der Straße abgekommen, durch eine Fliederhecke gesaust und hatte mit der linken Seite einen Baum mit voller Wucht getroffen.

Hilsenkamp bekam mittlerweile wieder Luft. »Bestimmt war er sofort tot«, meinte er sachverständig.

Oldtimer haben keine Gurte, Airbags schon gar nicht.

»Die Bull…, die Polizei weiß nicht, wann es passiert ist. Von der Straße konnte man nichts sehen. Wegen der Hecke. Wenn ich noch was erfahre …«

Ich nickte ernst. »Ja bitte, hören Sie sich weiter um. Ich gebe es dann an den Staatsanwalt weiter.«

Hilsenkamp lächelte glücklich und trollte sich.

Ich zündete mir noch ein Zigarillo an und holte mir noch einen Kaffee.

Als ich ihn umrührte, plumpste Hermann wieder auf den Stuhl gegenüber. Er platzte fast vor Mitteilungsbedürfnis.

»Du schon wieder?«

Er warf sich in die Brust. »Klar, immer voll im Einsatz.«

»So schnell bist du zur Polizei und zurück?«

Er sah mich mitleidig an und lehnte sich in den Stuhl, dass es knackte. »Gibt auch Telefone. – Neugierig?«

Ich blickte gelangweilt auf meine Kaffeetasse. »Nicht sehr. Conradi ist gegen einen Baum gefahren, und da war er gleich tot.«

Hermann blies enttäuscht die Backen auf.

»Na gut, mehr weiß ich auch nicht, nun erzähl du aber mal«, sagte ich, um ihm eine Freude zu machen.

Das freute ihn. Er holte sich eine Tasse Kaffee und steckte sich wieder eine seiner schrecklichen Zigarren an. »Pass auf, der Unfall muss irgendwann zwischen Mitternacht und zwei Uhr morgens passiert sein. Es hatte etwas geregnet. Conradi ist in einer leichten Kurve einfach geradeaus gefahren.«

»Welches Auto?«

»Der Aston Martin.«

»So ein Jammer.«

»Du sagst es.« Hermann nippte an seinem Kaffee und verzog das Gesicht.

»Gibt's noch was?«, fragte ich. »War jemand mit ihm im Auto? Mandy vielleicht?«

»Sieht nicht so aus. Allerdings war die rechte Tür offen, beim Aufprall vielleicht aufgesprungen. Aber im Moment haben wir, das heißt: hat die Polizei noch keine weiteren Hinweise.«

Ich überlegte, ob ich Hermann etwas vom Gespräch mit der Präsidentin erzählen sollte. Irgendwoher musste der Verdacht ja kommen, dass Conradi in irgendwelche krummen Sachen verwickelt war. Ich ließ es aber, denn mehr als Kantinenklatsch war das wohl nicht gewesen.

»Gibt's Hinweise auf Fremdverschulden?«, fragte ich.

»Bisher nicht. Vielleicht ist er irgendwem oder irgendwas ausgewichen.« Hermann schob seine Kaffeetasse zu mir herüber und stand ächzend auf. »Wenn ich mehr erfahre, ruf ich dich an.«

Ich sah auf die Uhr, elf schon. Es wurde Zeit, dass ich etwas Produktives leistete. Ich packte zusammen, bezahlte meinen und Hermanns Kaffee – von wegen Einladung! – und ging in mein Büro.

*

Als ich eine Stunde später zum Mittagessen kam, war die Diskussion am Richtertisch schon in vollem Gange.

Sedlarczek kaute missmutig auf einem riesigen Jägerschnitzel herum und murmelte etwas von »kein großer Verlust für die Jurisprudenz«. Er hatte von Conradis gelegentlichen Ausflügen ins Familienrecht nie viel gehalten. Allerdings hielt er von kaum jemandem etwas, außer von sich selbst.

Kollege Kückelmann, knapp über 60, geschmückt mit weißem Bart, wallendem weißen Haar und dem Habitus eines Landpfarrers, erklärte salbungsvoll, dass wir alle mitten im Leben bereits vom Tode umfangen seien, und widmete sich danach hochkonzentriert seinem Zigeunerschnitzel.

Frau Dr. Maria Meier to Bexten, zuständig für Vormundschaft und Nachlass, versuchte wie immer den Eindruck intellektueller Überlegenheit zu vermitteln, interessierte sich aber ganz besonders für die blutigen Details von Conradis plötzlichem Ableben, während sie ihrem griechischen Salatteller zu Leibe rückte.

Paul Müller verbreitete mit Jeans und Holzfällerhemd eine rustikale Note. Das tut er immer, wenn er nicht gerade über Jugendliche zu Gericht sitzt. Er spießte genüsslich einen Champignon auf seine Gabel und fragte in die Runde, ob dies nicht eine späte Rache des Verfassungsschutzes sein könne. Soweit er wisse, habe Conradi doch in den Siebzigern in Berlin studiert und ganz bestimmt zum Umfeld der RAF gezählt.

Kückelmann sah von seinem Zigeunerschnitzel auf. »Reden Sie keinen Unsinn, Herr Kollege, wir leben in einem Rechtsstaat.« Dann sah er mich an. »Was meinen Sie? Sie kannten ihn doch besser.«

Ich schluckte meine Krokette herunter und schüttelte den Kopf. »So gut nun auch wieder nicht. Wir hatten halt ab und an miteinander zu tun und das gleiche Hobby. Letzten Samstag war er jedenfalls noch ganz fidel gewesen.«

»Sie haben ihn Samstag noch gesehen?« Maria Meier to Bexten vergaß ihren Salatteller. »Erzählen Sie mal!«

Also erzählte ich von der Oldtimer-Rallye und erwähnte ganz nebenbei auch Mandy. – Eine halbe Sekunde später wusste ich, dass ich einen schweren Fehler begangen hatte. Alle Köpfe kamen hoch. Das Mittagessen war plötzlich nicht mehr so wichtig.

Paul Müller sah mich mit offenem Mund an, ein fettiges Pommes frites balancierte unbeachtet auf halbem Weg zwischen Teller und Mund auf seiner Gabel.

Kollege Kückelmann war schon beim Nachtisch. Es gab Götterspeise. Er ließ den Löffel sinken. »Er hatte eine Freundin?«

»Warum nicht.«

Paul Müller beugte sich vor. Das Pommes frites rutschte von seiner Gabel und fiel in die Zigeunersoße. »Wie sah sie aus?«

Also beschrieb ich Mandy einschließlich ihrer Silikongebirge und erntete dafür einen strafenden Blick von Elisabeth Bamminger, zuständig für Mietsachen und Verkehrsunfälle, die bisher schweigend eine Ochsenschwanzsuppe gelöffelt hatte. Sie ist ungefähr so lange beim Amtsgericht Glandrop wie ich. In Diskussionen hält sie immer die feministische und die grüne Fahne aufrecht. Sie ist mir schon deswegen nicht ganz unsympathisch.

Paul Müller staunte und machte mit den Händen entsprechende Bewegungen. »Solche Dinger?«

Elisabeth schlug auf den Tisch. »Hören Sie mit diesem sexistischen Kinderkram auf. Sie scheinen sich bei Ihrer Kundschaft angesteckt zu haben.«

Paul Müller blieb unbeeindruckt. Ich ebenso, denn ich wusste, dass Elisabeth nachher in mein Büro kommen und nach weiteren Details lechzen würde.

Gott sei Dank ist sie auch nur ein Mensch.

5

Zum Zwecke der Registratur und Unterscheidung werden die von einer Behörde in einer bestimmten Sache gesammelten Schriftstücke – die Akten – mit einem Aktenzeichen versehen. (Auszug aus der Anweisung für die Verwaltung des Schriftgutes in den Geschäftsstellen der Gerichte und der Staatsanwaltschaften vom 28.11.1934)

Am Mittwoch wurde Conradis Ende aus den Kantinengesprächen und den Schlagzeilen des Glandroper Tageblattes verdrängt.

Schon seit einiger Zeit gab es eine lebhafte Diskussion zwischen leserbriefschreibenden Mitbürgern und der Stadtverwaltung über den angeblich besorgniserregenden Zustand der örtlichen Kanalisation. Das Frühjahr war sehr feucht und warm gewesen. Einige Gewitter hatten sich entladen, auch solche von der heftigen Sorte, und dabei waren Straßen und auch etliche Keller überflutet worden.

Es hatte sich ein – für Glandroper Verhältnisse wüster – Proteststurm erhoben, in dem die Stadtverwaltung beschuldigt wurde, die Zeichen der Zeit, insbesondere der globalen Klimaveränderung, nicht erkannt und die Kanalisation dem nicht angepasst zu haben. Die konterte mit der Frage, ob die Bürger denn bereit seien, mehr für die Kanalisation zu bezahlen, und erklärte außerdem in der ihr eigenen Mischung aus Ahnungslosigkeit und Arroganz, die Kanäle seien zwar schon vierzig Jahre alt, aber in bestem Zustand und jedem Wetter gewachsen, das in unseren Breiten zu erwarten sei. Gegen Jahrhundertereignisse sei sowieso nichts zu machen.

Claudia und ich konnten dieser Diskussion gelassen folgen. Unser Häuschen liegt auf einem der wenigen Hügel der Stadt und ist zumindest so lange nicht hochwassergefährdet, wie die Polkappen endgültig abgeschmolzen sind.

*

An diesem Mittwoch wollte das Schöffengericht gegen Özdemir Karatas verhandeln.

Özdemir Karatas stammte zwar von türkischen Einwanderern ab, war aber schon in dritter Generation Eingeborener des Ruhrgebietes und benahm sich, fühlte und sprach auch so. Er hatte ursprünglich Berg- und Maschinenmann gelernt, die Zeche dann aber mit einer Abfindung von damals 25.000 DM verlassen und eine neue Existenz gegründet. Bedauerlicherweise hatte er dabei eine Vorliebe für illegale Aktivitäten entdeckt. Wir kannten uns schon seit einigen Jahren.

Sein erstes Unternehmen hatte darin bestanden, die Fahrzeugscheine ängstlicher Zeitgenossen, die Bedenken hatten, ihre betagten und stark mitgenommenen Vehikel der »Hauptuntersuchung« zu präsentieren, mit einem TÜV-Stempel zu versehen. Der passende Gummistempel war ihm von irgendwoher zugeflogen. Sein Spruch »Willst du TÜV? Hier hast du TÜV!« war bald stadtbekannt. Zusätzlich lieferte er liebevoll nachgemachte TÜV-Plaketten, alles zusammen für eine vergleichsweise moderate Gebühr. Jedenfalls war es für die Kunden billiger, als wenn sie ihre Autos hätten reparieren und beim echten TÜV vorführen lassen.

Die Karatas-Plaketten hatten aber einen kleinen Fehler: Sie bleichten in der Sonne aus. Das fiel auch der Polizei auf, und so wurden einige Kunden alsbald angehalten. Die Spur führte zu Karatas, und als ruchbar wurde, dass es um über 200 Fälle ging, ihn direkt ins Gefängnis.

Nach seiner Entlassung blieb er dem Kraftfahrzeuggewerbe treu und beschloss, mit einigen Jugendfreunden die Gewinne diverser Autohaftpflichtversicherungen zu mindern. Mit einem ursprünglich mal teuren Auto traten er und seine Genossen vor arglosen Verkehrsteilnehmern unvermittelt auf die Bremse. Die fuhren dann prompt auf.

Über einen Sachverständigen von elastischer Moral, der natürlich mit von der Partie war, und eine ebenso wenig kleinliche Werkstatt wurden dann angebliche Reparaturen abgerechnet, natürlich nebst

Mietwagenkosten – auch hier ließ sich ein Geschäftspartner finden – und Wertverlust.

Die hoffnungsvollen Jungunternehmer hatten allerdings übersehen, dass die Versicherungen ihre Daten untereinander austauschten und sehr bald dahinterkamen, dass immer wieder dieselben Geschädigten zu ihren Fleischtöpfen drängten.

Dieses Mal hatte Karatas' Aufenthalt im Gefängnis schon deutlich länger gedauert, der Schaden war immerhin in die Hunderttausende gegangen. Doch auch hierdurch war er weder geläutert noch gebessert worden. Er war angeklagt, einen anderen meiner alten Bekannten Namens Mitzke, der nach der Wende sein Glück im Westen gesucht hatte, um 100 Handys erleichtert zu haben.

Mitzke konnte zwar nicht recht erklären, wie er zu 100 Handys gekommen war, bestand aber darauf, dass Karatas bei dieser Transaktion mit einer scharfen Waffe nachgeholfen hatte. Zu dessen Unglück fand die Polizei bei der Wohnungsdurchsuchung eine zwar alte, aber gleichwohl funktionstüchtige Pistole nebst Munition.

Als ich ihm vor zwei Monaten den Haftbefehl verkündete, hatte Karatas mich treuherzig angesehen. »Herr Bahnsen, Sie wissen, dat ich ma Scheiß mach«, sagte er im schönsten Manger-Deutsch, »aber nich mit ner Waffe. Ich nich. Die tun mich fertich machen.«

Jetzt saß Karatas also wieder im Gerichtssaal. Zwar hatte die Staatsanwaltschaft dem Herrn Mitzke doch nicht so sehr geglaubt, dass sie Karatas wegen Raubes angeklagt hätte, wohl aber gab es Verstöße gegen das Waffengesetz und diverse andere Vorschriften. Schließlich hatte man bei der Hausdurchsuchung auch noch Haschisch und Marihuana gefunden, allerdings keine allzu großen Mengen.

Verteidiger war ein Dr. Soundso aus Essen. Jung, dynamisch und rostfrei empfand er es offensichtlich als unter seiner Würde, in den Niederungen des Schöffengerichts auftreten zu müssen. Conradi wäre mir lieber gewesen.

Für die Staatsanwaltschaft war Frau Mannerheim erschienen. Sie ist Ende vierzig, besteht aber nach wie vor auf jugendlicher Kleidung, insbesondere kurzen Röcken und hohen Hacken.

Beides sollte sie lassen.

Zu ihrem und dem Unglück aller anderen hat sie darüber hinaus eine Stimme wie eine Stichsäge.

Wer sich vor derlei Äußerlichkeiten nicht abschrecken lässt, entdeckt aber eine humorvolle, intelligente und äußerst sachkundige Kollegin.

Nach den Erörterungen zur Person verlas Frau Mannerheim die Anklage. Der Rostfreie zuckte bei dem Klang ihrer Stimme sichtbar zusammen.

Von Westen drohte ein neues Gewitter. Wir schalteten um halb zehn morgens das Licht im Sitzungssaal ein, denn mittlerweile herrschte das Ambiente einer Kohlengrube. Frau Mannerheim musste fast schreien, der Donner war bereits ziemlich nahegekommen und rollte ohne Unterlass.

Die beiden Wachtmeister, die Karatas in den Gerichtssal gebracht und umständlich von den Handschellen befreit hatten, guckten etwas besorgt. Vielleicht lagen ihre Häuser nicht auf einem Hügel.

Nach einem fragenden Blick auf seinen Verteidiger und nach dessen hoheitsvollem Nicken ließ sich Karatas, wie es so schön im Juristendeutsch heißt, »zur Sache ein«. Er war kaum zu verstehen, denn der Regen rauschte mittlerweile mit einer Lautstärke gegen die Fenster, die die Verständigung deutlich erschwerte.

Nachdem ich einige Male hatte rückfragen müssen, meldete sich der Verteidiger zu Wort: »Herr Vorsitzender, ich bitte zu erwägen, ob es unter diesen Umständen nicht angezeigt ist, eine Pause einzulegen, bis sich die Witterungsverhältnisse etwas beruhigt haben.«

Ich sah ihn fasziniert an. Wer solche Sätze aus dem Ärmel schüttelt, kann nicht echt sein. Ich drehte mich zu Frau Mannerheim, um ihre Meinung einzuholen, als ein Donner besonders laut knallte und das Licht ausging.

Wir saßen im Dunkeln. Frau Scholz, die Schöffin zu meiner Rechten, quiekte leise auf. Die Wachtmeister, die ich nur noch schemenhaft erkennen konnte, zappelten hektisch herum.

Bevor jemand etwas Sinnvolles unternehmen konnte, ging die Tür auf und eine dumpfe Stimme ertönte: »Herr Bahnsen?« Finkenstein, der Geschäftsleiter. »Könnten Sie Pause machen? Der Keller läuft voll, wir haben zur Zeit keinen Strom, und Sie wissen doch, die ganzen Akten da unten …«

Offenbar reichte sein Wortschatz nicht aus, das volle Ausmaß der Bedrohung zu beschreiben. Finkenstein lebt für Akten, und der Gedanke, dass die unzähligen alten Vorgänge, die getreu der preußischen Aktenordnung im Keller verwahrt werden, den Fluten zum Opfer fallen könnten, bedrückte ihn tief.

Frau Scholz stieß mich zaghaft an. »Herr Bahnsen«, sagte sie, »ich glaube, wir kriegen nasse Füße.«

Da hatte sie Recht.

Der Schöffensaal liegt im Erdgeschoss, direkt davor ein paar Beete, dann der Parkplatz und dann die Straße. Die Fenster gehen bis zum Boden und offenbarten uns jetzt ein schaurig-schönes Bild: Die Straße war völlig überflutet, ebenso Parkplatz und Beete, und das Wasser begann gerade, in beträchtlichen Rinnsalen durch die Fensterrahmen zu drängen. Der Teppichboden verwandelte sich langsam in braunen Matsch.

Frau Mannerheim, die dem Unglück am nächsten saß, zog gelassen ihre Stilettos aus und stellte sie auf den Tisch. Der kurze Rock erwies sich jetzt als Vorteil.

Ich stand auf. »In Ordnung. Wir machen zunächst eine halbe Stunde Pause. Herr Finkenstein, ich komm gleich. Haben Sie ein paar Eimer?«

»Eimer?«, kam es von der Tür.

»Ja, damit wir den Keller ausschöpfen können. Vielleicht ist der Regen bald vorbei.«

»Eimer!« Er entschwand.

»Meine Herrschaften«, sagte ich, »bitte gehen Sie in die Cafeteria. Ich will mal sehen, ob ich den Wachtmeistern helfen kann. In dieser ägyptischen Finsternis können wir sowieso nicht weiterverhandeln.«

Der Rostfreie erhob sich und steuerte eilends auf die Tür zu. Vielleicht wollte er eine Berührung mit allzu viel Wasser doch lieber vermeiden.

Die Wachtmeister standen etwas unschlüssig und ratlos herum, ebenso die Schöffen. Schließlich erklärte Herr Dr. Büllebier, Fraktionsvorsitzender der Mehrheitspartei im Rat, entschlossen: »Ich geh nach oben, ich steh hier höchstens im Weg.« Damit hatte er wahrscheinlich Recht. Denn hauptberuflich ist Herr Dr. Büllebier Lehrer. Frau Scholz schloss sich ihm eilig an. Sie murmelte, dass sie noch kleine Kinder habe.

Von draußen aus dem Foyer tönte Finkensteins Stimme: »Alle Wachtmeister hierher, Eimerkette bilden.« Die beiden Wachtmeister gehorchten sofort.

Özdemir Karatas, auf der Anklagebank mittlerweile von Verteidigung und Staatsgewalt verlassen, stand auf. »Ich mach auch mit.«

Frau Mannerheim nickte, ließ ihre Schuhe nebst Robe und Täschchen auf dem Tisch zurück und stapfte barfuß durch die Wassermassen zur Tür.

Na, dann los!

Am Eingang zum Keller hatten sich bereits einige Hilfswillige versammelt, alle anderen waren in höhere Regionen vertrieben worden.

Finkenstein schien in seinem Element, so kannte ich ihn gar nicht. »Eimerkette bilden und los!«

Wir gehorchten widerspruchslos.

Nach kurzer Zeit mussten wir allerdings feststellen, dass es wenig Sinn machte, die vollen Eimer nach draußen zu entleeren, während neues Wasser immer stärker von dort nachdrängte.

»Wie kommt das Wasser eigentlich in den Keller?«, fragte Frau Mannerheim.

Finkenstein wusste auch das: »Von außen über die Kellertreppe im Altbau. Die Kellerfenster liegen zu hoch, da kommt nichts rein.«

Frau Mannerheim kratzte sich nachdenklich in der Kniekehle. »Wie wär's denn, wenn wir versuchten, die Tür da abzudichten? Von hier oben kann doch nicht so viel kommen.«

Das stimmte. Der Boden war zwar mittlerweile überall mit einer dünnen Wasserschicht bedeckt, der Pegel stieg innen aber nur langsam. Draußen vor den Fenstern allerdings stand die Brühe zwanzig Zentimeter hoch.

»Und wie wollen Sie's abdichten?«, fragte Finkenstein.

»Na, Sie haben doch jede Menge Akten da unten. Ein paar werden Sie schon entbehren können.« Frau Mannerheim lächelte ihn verführerisch an.

Finkenstein zuckte zusammen und wurde blass. Es war ergreifend zu sehen, wie er mir sich kämpfte. Doch er traf als großer Mann die richtige Entscheidung: Man muss wenige opfern, um viele zu retten.

»Kommen Sie!«

Das Häuflein der Aufrechten folgte ihm, an der Spitze zu meinem Erstaunen Karatas.

Im Keller wateten wir bis zu den Waden in kaltem Regenwasser. Viel sehen konnte man auch nicht, denn nur die Notbeleuchtung glimmte an der Decke. Unter der Außentür blubberte es mächtig herein.

»Wie wollen Sie das stoppen?«, fragte ich.

Finkenstein sah von einem zum anderen.

Frau Mannerheim runzelte nachdenklich die Stirn. »Was ist dahinter?«

»Eine Treppe, die nach oben geht. Wahrscheinlich steht das Wasser da schon über einen Meter hoch.«

Frau Mannerheim strich sich über die Augenbraue. Dann stupste sie Finkenstein wenig damenhaft mit dem Zeigefinger gegen die Brust. »Wir müssen von außen abdichten. Die Akten davorschmeißen.«

Finkenstein war jetzt bereit, ihr bedingungslos zu folgen. Er richtete sich zu seiner vollen Größe von ein Meter neunundsechzig auf. »Wir nehmen die alten Vormundschaftssachen.«

Jeder schnappte sich also so viele Vormundschaftsakten, wie er konnte, und strebte über die Innentreppe ins Foyer, um weitere Befehle abzuwarten. Ich schleppte einen Stapel »Vormundschaftssache Matzkewitz« von 1981. Sogar bei diesem Wetter staubten die Akten noch.

Frau Mannerheim übernahm die Führung. »So, jetzt raus und ums Haus, und dann schmeißen wir die Akten in den Treppenschacht.«

Einige der Helfer zuckten zusammen, denn draußen herrschte nach wie vor ein Weltuntergang zweiten Grades. Aber drücken mochte sich auch niemand. Also tapsten wir mit aufgerollten Hosenbeinen, aber unverdrossen ums Gebäude und warfen die alten Akten in den Treppenschacht, der tatsächlich schon ziemlich vollgelaufen war.

Einige schwammen zunächst widerspenstig oben, Karatas stürzte sich aber todesmutig in die Fluten und drückte sie nach unten. Er stand bis zur Brust im Wasser und rief: »Schmeißt mehr runter, ich stampf sie fest.«

Wir brachten, nun nicht mehr als Eimer-, sondern als Aktenkette, neues Material herbei, mittlerweile klatschnass, aber von kollektivem Eifer beseelt.

Schließlich kam einer der Wachtmeister ohne neue Akten zurück und vermeldete: »Es kommt kaum noch was rein.«

Wir atmeten auf.

Ich half Karatas aus dem Wasser. Trockener als er war ich aber auch nicht.

Er strahlte. »Geile Sache, ey.«

Das Gewitter tobte unvermindert weiter, und Strom gab's auch noch nicht, so dass wir uns schließlich alle in der halbdunklen Cafeteria versammelten, wo uns die Schöffen trocken, aber mit ängstlicher Miene entgegensahen.

Der Rostfreie saß etwas abseits und wirkte völlig unbeschädigt, dabei aber bei weitem nicht so fröhlich wie wir. Wir tranken Cola und Mineralwasser, rauchten und tropften vor uns hin. Ich ging zu ihm hinüber. »Herr Verteidiger, die Hauptverhandlung wird vertagt.«

»Ich danke Ihnen.« Der Rostfreie verbeugte sich leicht. Mit einem Blick nach draußen, wo nach wie vor die Naturgewalten tobten, blieb er allerdings weiter sitzen, um bessere Zeiten abzuwarten.

Über das allgemeine Stimmengewirr konnte man mittlerweile jede Menge Martinshörner hören. Anscheinend war die Feuerwehr in vollem Einsatz.

Finkenstein war noch einmal in den Keller gegangen, um die Schäden zu begutachten, und kam strahlend zurück. »Vielleicht fünfzehn, zwanzig Zentimeter Wasser, noch nicht mal bis zu den untersten Regalbrettern. Ich danke Ihnen für Ihr Engagement.« Er schüttelte jedem von uns die Hand, sogar Herrn Doktor Rostfrei.

*

Nach einer halben Stunde ließ der Regen nach und hörte schließlich ganz auf. Finkenstein saß mit den Wachtmeistern an einem Tisch und stärkte sich mit einem Schokoriegel.

Ich ging zu ihm hinüber. »Ich glaube, Sie sollten all denen freigeben, die nass geworden sind. Wir haben sonst hier bald eine Grippe-Epidemie.«

»Das wollte ich gerade machen.« Er stand auf. »Meine Damen und Herren, nochmals vielen Dank an alle Helfer.« Finkenstein sprach wie der Bundeskanzler auf den Deichen der Elbe. »Wer nass geworden ist, geht bitte nach Hause und hat für den Rest des Tages dienstfrei.«

Es erhob sich zufriedenes Gemurmel.

Ich wollte gerade meine durchgeweichten Socken und Schuhe zusammenraffen, als Frau Mannerheim neben mir auftauchte. Von ihrem jugendlichen Äußeren war wenig geblieben, dafür wirkte sie entspannt und zufrieden. »Na, Herr Kollege, macht mehr Spaß als Akten wälzen.«

Ich nickte. »Akten versenken.«

Sie sah sich um. »Wo ist eigentlich Ihr Angeklagter?«

»Gute Frage.«

Ich ging zu einem der Wachtmeister. Der wusste auch nichts.

Karatas war weg. Nachdem er seinen Teil zur Rettung des sinkenden Schiffes beigetragen hatte, war er still und heimlich in den Regen hinaus verschwunden. In dem allgemeinen Durcheinander hatte natürlich keiner etwas gemerkt.

Frau Mannerheim schüttelte die Reste ihrer Frisur. »Besondere Umstände führen manchmal zu besonderen Glücksfällen. Wer schreibt ihn zur Fahndung aus?«

»Mach ich, immerhin ist er ja hier abgehauen.«

»In Ordnung, bis zum nächsten Mal.«

Dann marschierte Frau Mannerheim, nass von unten bis oben, in einer Hand die Robe, in der anderen ihr Täschchen und die italienischen Pömms, aufrecht

Richtung Parkplatz, um herauszufinden, ob ihr Auto noch da war oder mit wehender Fahne untergegangen.

*

Am Donnerstag schlug sich das Glandroper Tageblatt eindeutig auf die Seite der Leserbriefschreiber und machte dem Bürgermeister so viel Dampf, dass der in einer eilends einberufenen Pressekonferenz »sofortige Maßnahmen zum Hochwasserschutz« ankündigte, ebenso »unbürokratische Hilfe für die Geschädigten«.

Finkensteins Akten waren unwiederbringlich zu einem zähen Papiermatsch geworden. Er trug es mit stolzer Trauer.

Von Karatas bekamen wir übrigens vier Wochen später eine Ansichtskarte aus Marokko. Er grüßte uns alle herzlich, besonders mich, und verlieh seiner Hoffnung Ausdruck, ich möge mir keinen Schnupfen geholt haben.

6

Wer eine andere Person körperlich misshandelt oder an der Gesundheit beschädigt, wird mit Freiheitsstrafe bis zu fünf Jahren oder mit Geldstrafe bestraft. Der Versuch ist strafbar. (§ 223 Strafgesetzbuch; Körperverletzung)

Die Nacht nach den Wasserspielen war nicht besonders erholsam, der Morgen danach fürchterlich. Mein Rücken war steif wie ein Brett, und ich konnte den Kopf allenfalls zwei Zentimeter in jede Richtung bewegen, und das auch nur unter Schmerzen.

Als ich mich unter lautem Wehklagen aus dem Bett wälzte, hörte ich von unten aus der Küche die Stimme meiner geliebten Ehefrau: »Hast du was?« Sie ist der Überzeugung, dass alle Männer wehleidig sind, ich ganz besonders. Manchmal könnt ich sie würgen.

Fluchend und jammernd schleppte ich mich, halb kriechend und halb hinkend, ins Badezimmer.

Anscheinend hatte ich jetzt aber doch den richtigen Ton getroffen, denn Claudia kam nach oben und guckte um die Ecke. »Tut dir was weh?«

»Glaubst du, ich geb hier ein Konzert?«, knurrte ich.

Sie sah mich nachsichtig und überlegen lächelnd an. »Der Rücken?«

»Nein, ich probe bloß für den Glöckner von Notre Dame.« Ich wurde immer wütender, aber auch das tat weh.

»Halt mal still!«

Sie packte mich an beiden Schultern und entlockte mir damit einen alpenländischen Jodler.

Meine Frau nickte weise. »Die Halswirbelsäule. Du musst zu Jesper.«

Genau das hatte ich befürchtet.

Jespers kompletter Name lautet Jesper Jensen. Er ist Däne aus Jütland und wohnt ein paar Häuser von uns entfernt. Nicht nur das, er betreibt dort auch eine Praxis. Er ist Physiotherapeut.

Jesper war vor etwa zwanzig Jahren fast gleichzeitig mit uns in sein Eigenheim eingezogen. Wir hatten uns anfangs, wie das in Neubaugebieten so üblich ist, mit Sand und Bier ausgeholfen, zusammen gegrillt und die gegenseitigen Baumängel begutachtet. Später hatte sich dann jeder zunehmend um seine eigenen Sachen gekümmert, wir tranken aber ab und zu ein spontanes Bier miteinander.

»Soll ich anrufen?«, fragte Claudia.

»Ich mach schon. Krieg ich vorher noch einen Kaffee?«

Sie streichelte mir leicht übers Haar. »Armer Kerl, mein Held.«

Irgendwie kriegt sie es immer wieder hin, dass ich lachen muss, wenn ich ziemlich wütend bin.

Ich schaffte es mühsam und unter immer neuen Schmerzbekundungen ins Erdgeschoss, bekam einen Kaffee, das Telefon und die Nummer von Jesper.

»Hier is die therapeutise Praxis Jensen«, meldete sich eine weibliche, eindeutig skandinavische Stimme. Vor meinem inneren Auge sah ich eine sportliche Blondine von Mitte zwanzig und freute mich fast auf den Besuch.

»Bahnsen, kann ich Jesper mal sprechen?«

»Aber sicher.«

Das Telefon wurde zur Seite gelegt, und ich hörte, wie sie rief: »Jesper, eine Herr Bahnsen, hast du Sseit?«

Ich hörte schwere Schritte nahen. Jesper war früher Handballer. Er ist über 1,90 m groß und fast genauso breit. In jungen Jahren war er bei einem Gastspiel seiner Mannschaft dem Charme einer Glandroper Jungfrau erlegen. Nach einiger Zeit hatten beide aber feststellen müssen, dass Smörrebröd und Currywurst zumindest in diesem Fall nicht zusammenpassten.

»Hallo, Alex«, tönte Jesper äußerst fröhlich, »geht's dir schlecht?«

»Witzbold«, knurrte ich, »würd ich dich sonst anrufen? Ich kann kaum laufen und den Kopf bewegen schon gar nicht.«

»Kein Wunder.«

Auch nach so langer Zeit war sein dänischer Akzent unüberhörbar; manche Leute finden das niedlich.

»Ich hab von euren Heldentaten gelesen. Du hast dich an Akten verhoben, nicht?«

Kein Zweifel, er feixte.

»Frag nicht so dumm. Wann kann ich zu dir rüberkommen?«

»In einer Viertelstunde, dann habe ich Zeit. Schaffst du's allein, oder soll ich mit dem Rollstuhl kommen?«

Ich knurrte und legte auf.

Ich brauchte fast zwanzig Minuten für die paar Hundert Meter. Dabei hangelte ich mich an den Vorgartenzäunen entlang. Unsere Nachbarin lächelte mir mitleidig aus dem Garten zu, ihre Kinder kicherten.

*

Jesper wartete hinter seinem Tresen und grinste. Seinem Stande gemäß war er ganz in Weiß gekleidet. Das T-Shirt spannte über einem kleinen Bauch, den er sich im Laufe der Jahre zugelegt hatte. Mittlerweile trank er lieber Veltins als Tuborg.

»Typischer Schreibtischtäter. Kaum bewegst du dich ein bisschen, kannst du nicht mehr kriechen.«

»Hör auf, es tut wirklich weh.«

Er nickte. »Glaub ich, komm mit.«

Wir gingen nach hinten. Dort trafen wir auf eine dunkelhaarige Enddreißigerin mit der Figur einer Kugelstoßerin. Von wegen blond und Mitte zwanzig.

Jesper nickte ihr zu. »Linda, das ist Herr Bahnsen.«

»Ah, ssön, wir haben telefoniert.«

Ich schlich weiter bis zu einer Liege.

»Leg dich auf den Bauch und entspann dich.«

»Weißt du noch mehr Witze?«, knurrte ich in das Kissen.

»Na dann, es kann ein bisschen wehtun. Aber ich versprech dir, danach geht's dir besser.«

Jesper begann mit der düsteren Hingabe der Nordmänner auf meinem Rücken herumzukneten und zu ziehen und fand dabei Stellen, die bisher noch nicht wehgetan hatten. Dabei plauderte er munter weiter.

»Is ganz schön was los bei euch in der Justiz. Erst Johann und dann das Hochwasser.«

Ich schaltete nicht gleich. »Wer?«

»Johann Conradi, der ist doch tot.«

»Kanntest du den?«, nuschelte ich überrascht in mein Kissen. Meinen Kopf behielt ich wohlweislich unten.

»Klar, vom Förderverein der Kinderpsychiatrie.«

Jesper begann jetzt zielgerichtet meine rechte Schulter zu misshandeln. Ich drehte den Kopf ganz vorsichtig zur Seite, um nicht an dem Kissen zu ersticken.

»Kinderpsychiatrie? Was machst du denn da?«

»Och.« Es klang verlegen. »Ich helf da manchmal beim therapeutischen Reiten. Johann hatte ein paar Pferde gestiftet.«

Ich zuckte unbedacht mit dem Kopf nach oben. »Ein paar Pferde?« Überrascht stellte ich fest, dass es kaum wehgetan hatte.

»Na ja, drei oder vier. Ist gut für die Kinder. Er ist auch öfter vorbeigekommen.«

Ich schob das Kissen zur Seite. »Conradi als mildtätiger Helfer? Kann ich mir kaum vorstellen.«

»Hast du das nicht gewusst?« Jesper traktierte meinen Rücken jetzt zwischen den Schulterblättern.

»Nein, und ich kann's mir eigentlich auch kaum vorstellen. Vielleicht hat er's wegen der Steuer gemacht.«

»Dummes Zeug.« Jesper klang richtig böse. »Der hat sich wirklich drum gekümmert. Auch um die Kinder selbst. Er wollte nicht, dass es publik wird. Aber jetzt ist er ja tot.«

Mittlerweile hatte er seine Handgreiflichkeiten auf die linke Seite verlagert, und ich musste den Kopf auf die rechte Seite drehen. Das ging schon ganz gut.

»Hat er irgendwas darüber gesagt, dass er Schwierigkeiten hat?«, fragte ich.

Jesper wandte sich meiner Wirbelsäule zu. »Als ich ihn das letzte Mal gesehen habe, war er wütend.«

»Warum das?«

»Er hat mächtig geflucht. Irgendjemand hat wohl Gerüchte verbreitet, dass er in irgendwas drinsteckt. So genau habe ich das nicht verstanden. Aber er war furchtbar sauer, weil er nicht rausfinden konnte, woher die Gerüchte kamen. – So!« Er knuffte mich kräftig ins Kreuz. »Setz dich mal hin.«

»Bist du sicher, dass das geht?«

»Stell dich nicht so an. Setz dich hin!«

Ich setzte mich vorsichtig auf die Kante der Bank.

»So, jetzt kreuz die Arme!«

Jesper schnappte mich von hinten unter den Armen und zog mich nach oben. Es knackte und knirschte, ich jauchzte, und dann ließ er mich wieder auf die Liege plumpsen.

»Ich denk, jetzt geht's.«

Langsam stand ich auf. Tatsächlich, ich konnte laufen.

»Jesper«, sagte ich ergriffen, »du bist der Meister aller Klassen.«

»Ich weiß, alle Däne sind Meister. Denk an die Europameisterschaft.«

Wir gingen durch die Praxis zur Tür. Die Kugelstoßerin lächelte uns nach.

»Wie kann ich das wieder gutmachen?«

»Na ja.« Er gab mir einen Klaps auf den Rücken. »Macht Claudia noch die tollen Rouladen?«

Das war eine gute Frage. Seit unsere beiden Söhne nicht mehr zu Hause waren, aß ich meist in der Kantine, und Claudia ernährte sich irgendwo zwischendurch. Wir kochten eigentlich kaum noch.

»Klar, wann willst du kommen?«

»Morgen?«

»Versprochen.«

In Jespers Gesicht ging die Sonne auf. »Krieg ich auch ein Bier?«

»Sogar zwei. Morgen um acht.«

*

Beschwingt schritt ich heimwärts, deutlich leichtfüßiger als auf dem Hinweg. Unsere Nachbarin sah mir mit offenem Mund hinterher.

Claudia wartete schon. »Sieh an, Lazarus kehrt zurück.«

»Blödfrau. Aber die Strafe folgt. Morgen musst du kochen.«

»Was?«

»Jesper hat sich deine Rouladen gewünscht. Komm, wir haben schon lange nicht mehr gekocht.«

»Für Jesper mach ich das. Schon weil er mich davor bewahrt hat, meinen Lebensabend mit einem Invaliden verbringen zu müssen.« Sie nahm mich in den Arm. »Hast du noch Schmerzen?«

»Kaum noch.«

»Das ist schön. Ich hab im Gericht angerufen, dass du heute nicht kommst. Die hatten auch gar nicht mit dir gerechnet. Anscheinend sind die meisten Helfer kreuz- oder fußlahm vom Aktenschleppen. Also komm, jetzt machen wir uns einen schönen Tag.«

Auf dem Weg nach oben tat mein Rücken überhaupt nicht mehr weh.

7

Der Rechtsanwalt ist ein unabhängiges Organ der Rechtspflege ... Zur Rechtsanwaltschaft kann nur zugelassen werden, wer die Befähigung zum Richteramt nach dem Deutschen Richtergesetz erlangt ...
(§§ 1 und 7 Bundesrechtsanwaltsordnung)

Am Montag saß ich nachdenklich an meinem Schreibtisch, kaute an der Kappe meines Füllers herum und ließ den Blick zwischen Aktenbergen hindurch über die Dächer, Schornsteine, Baumkronen und Fördertürme von Glandrop schweifen. Ich dachte an das Wochenende und fand das Leben schön.

Der Betrieb lief wieder nahezu normal. Die Spuren der Flut waren fast verschwunden, nur der Teppichboden im Schöffensaal zeigte noch einige schlammigbraune Flecken. Das störte aber nicht sehr, vorher war er auch nicht schöner gewesen.

Aus dem Keller drang leiser Modergeruch, und die Wachtmeister erzählten sich und anderen von ihren Heldentaten im Kampf gegen die reißenden Gewässer.

Geschäftsleiter Finkenstein war extra zu mir gekommen und hatte sich etwas schüchtern bedankt. Nachdem ich ebenso verlegen abgewehrt hatte, erklärte er, er sei bei allen gewesen, die mitgeholfen hatten, dabei komme es nicht auf Rang und Namen an – er sagte das wirklich so –, sondern darauf, dass alle gemeinschaftlich angepackt hätten.

Ich hatte Finkenstein vorher nie für einen verdeckten Sozialisten gehalten. Wir verabschiedeten uns freundlich, und ich fühlte mich als guter Mensch.

Siggi war etwas angesäuert, weil sie von unserem heroischen Einsatz nichts mitbekommen hatte. Oben in ihrem Büro war nur das Licht ausgegangen, und sie hatte mit anderen Gestrandeten darauf gewartet, entweder weiterarbeiten oder von Bord gehen zu dürfen. Jetzt fühlte sie sich um ein Abenteuer betrogen, und das nahm sie mir übel.

Wahrscheinlich aus diesem Grund hatte sie dafür gesorgt, dass alle Akten in mein Zimmer getragen worden waren, die gerade nicht anderweitig benötigt wurden. Ich kämpfte also wieder gegen eine Flut, diese war allerdings aus Papier. Die andere war mir lieber gewesen.

*

Ich hatte den größten Teil der Akten auf den Aktenbock geschaufelt, auf dem »abtragen« stand, und lehnte mich zurück. Der Rücken zwickte immer noch etwas.

Conradi ging mir nicht aus dem Sinn. Die Bemerkungen der Präsidentin hatte ich nicht sonderlich ernst genommen. Die klangen mir wie die übliche Verwaltungshysterie. Jespers Geschichte war da schon überzeugender. Conradi hatte sich also tatsächlich darüber aufgeregt, dass es irgendwelche Gerüchte gab, er sei in Schwierigkeiten.

Die Neugier packte mich. Ich beschloss, ein wenig herumzuhorchen.

Vielleicht wusste Siggi etwas. Sie ist in Glandrop aufgewachsen und kennt eigentlich so ziemlich jeden, auch den allgemeinen Stadtklatsch und sogar den besonderen. Als ich in ihr Büro kam, guckte sie mich zwar zunächst grimmig an, gewährte mir dann aber hoheitsvoll Absolution, als ich sie wegen Conradi konsultierte. Von irgendwelchen Schwierigkeiten unseres verblichenen Staranwaltes hatte sie aber nichts gehört. Darüber war sie ganz enttäuscht.

Von den Anwälten konnte ich nur Matze fragen. Matze heißt eigentlich Martin Bauer und macht ziemlich viele Strafverteidigungen. Seine Praxis liegt drei Minuten vom Amtsgericht entfernt. Wir kennen uns vom Fußballspielen. Er ist so eine Art Beckenbauer der Justizmannschaft und hat mir den Ball öfter mal so schön aufgelegt, dass sogar ich Tore schießen konnte. So etwas verbindet.

Ich rief ihn an.

»Alex, weißt du mal wieder nicht weiter?«

Offensichtlich war er allein im Büro, kein Mandant störte. Ich ging auf seinen Ton ein. »Ich denke, für die paar Eierdiebe, die du verteidigst, reicht es noch. Aber Conradi geht mir nicht aus dem Kopf.«

»Traurige Sache«, sagte Matze vorsichtig. Es klang aber nicht ganz echt. »Was genau meinst du?«

»Es gibt da son Gerede. Weißt du, ob er Probleme hatte?«

»Probleme? Du weißt, dass er unter den Kollegen nicht besonders beliebt war. Er hat sich zwar an Standesregeln gehalten, aber oft mal nur so eben. Und er hat immer darauf geachtet, da zu sein, wo es auch eine Kamera gab.«

Matze schwieg einige Sekunden lang. Wahrscheinlich wollte er nicht schlecht über einen Kollegen reden. Aber schließlich kannten wir uns lange genug.

»Es gab da wohl schon einige, die ziemlich neidisch waren – mein Ding ist das nicht. Aber ein paar von den Jüngeren wollten gerne so sein wie er. Und die Älteren ... Du weißt ja, wie hart die Konkurrenz bei uns in den letzten Jahren geworden ist. Die Älteren nahmen ihm das irgendwie übel, dass er es mit den Medien hatte. Obwohl sie selbst mit denen gar nichts zu tun haben wollen. Sagen sie jedenfalls.«

»Mmh«, machte ich. »Hat es irgendwie mal böses Blut gegeben?«

Die Pause war diesmal länger.

»Nein, nicht dass ich wüsste. Er hat natürlich ein paar richtig ekelhafte Typen verteidigt und sich das gut bezahlen lassen. Wahrscheinlich von der Presse oder von den Honoraren, die die für ihre Lebensbeichte eingestrichen haben. Er wollte mit keinem von uns so richtig was zu tun haben. War der große Einzelgänger.« Matze stockte. »Na ja, ein bisschen arrogant war er schon.«

»Wusstest du, dass er sich im Förderverein der Kinderpsychiatrie engagiert hat?«

»Wer, Conradi? Ich glaub kein Wort.«

»Doch, die Mitteilung ist seriös.«

Matze pfiff leise ins Telefon.

Nach einer ganzen Weile sagte er: »Potztausend, das hätte ich ihm nie zugetraut.«

*

Sonst war nichts zu erfahren. Den Chefredakteur vom Glandroper Tageblatt mochte ich nicht anrufen, denn der träumte immer noch von der großen Karriere bei einem Boulevardblatt und war im Stande, eine simple Frage zu einer Sensationsgeschichte aufzublasen. Vor einiger Zeit hatte er versucht, den Brand eines Papiercontainers als Terroranschlag zu verkaufen.

Ich gab auf und widmete mich meinen letzten Akten. Schließlich schloss ich mein Büro ab und ging mit dem Gefühl vorbildlicher Pflichterfüllung nach Hause.

8

Die Staatsanwaltschaft kann von der Verfolgung einer Tat absehen, wenn die Strafe oder die Maßregel der Besserung und Sicherung, zu der die Verfolgung führen kann, neben einer Strafe oder Maßregel der Besserung und Sicherung, die gegen den Beschuldigten wegen einer anderen Tat rechtskräftig verhängt worden ist oder die er wegen einer anderen Tat zu erwarten hat, nicht beträchtlich ins Gewicht fällt. (§ 154 Absatz 1 Strafprozessordnung)

Conradi wurde unter reger Anteilnahme der überregionalen Revolverblätter beerdigt. Die hatten noch nicht aufgegeben, eine Sensation herbeizuschreiben; also lauteten die Schlagzeilen »Staranwalt tot! War es die Mafia?« und ähnlich.

Das Glandroper Tageblatt brachte einen Nachruf mit Bild. Der Chefredakteur hatte ihn selbst geschrieben und sich erneut selbst übertroffen. Conradi, las ich, sei ein »aufrechter Streiter für die Gerechtigkeit« gewesen war, »bekannt und beliebt«, und habe allen möglichen örtlichen Vereinen an maßgeblicher Stelle angehört.

Es folgte der übliche Lebenslauf. Danach hatte Conradi nach dem Studium als Assistent an der Universität Münster gearbeitet, und zwar bei dem weithin bekannten Professor Potthoff, Institut für Staats- und Verfassungsrecht.

Potthoff. – Ich hatte Potthoff während des Studiums kennengelernt, natürlich aus der Froschperspektive eines Studenten. Seine Vorlesungen waren hochgelehrt und todlangweilig gewesen. Als Prüfer hatte er Furcht und Schrecken verbreitet.

Im Examen war ich ihm entgangen, Hermann nicht. Ich rief ihn an.

»Kannst du dich noch an Potthoff erinnern?«

»Wirst du senil? Du wirst doch deine Präsidentin noch kennen!«, frotzelte er.

»Quatsch, ich meine den Professor in Münster, der dich im zweiten Examen am Wickel hatte.«

Ich konnte durchs Telefon förmlich sehen, wie sich Hermanns Miene verdüsterte.

»Der Sauhund, der hat mir damals die Note kaputtgemacht. Aber was soll's, ist Jahre her. Danach hat's nur noch zum Staatsanwalt gereicht. Warum fragst du?«

»Ich habe gerade gelesen, dass Conradi Assistent bei Potthoff war. Sag mal, ist der mit der Präsidentin verwandt?«

»Klar, ist ihr Vater. Er müsste jetzt emeritiert sein, aber ab und zu taucht er noch auf. Gibt dann im Fernsehen seinen Senf zu irgendwelchen Verfassungsgerichtsentscheidungen und guckt dabei furchtbar bedeutend. Arrogantes Arschloch.«

Anscheinend hatte Hermann das zweite Examen doch noch nicht völlig verdrängt, die alte Wut war jedenfalls schnell wieder hochgekommen. Um ihn abzulenken, fragte ich: »Gibt's sonst was Neues?«

Er räusperte sich. »Bist du im Büro? Ich wollte sowieso mit dir sprechen. In einer halben Stunde bin ich da.«

»Tu nicht so geheimnisvoll«, sagte ich noch.

Aber Hermann hatte schon aufgelegt.

*

Eine halbe Stunde später war er tatsächlich da. Ohne zu fragen, zapfte er sich einen Kaffee aus meiner geliebten Espressomaschine – alte Freunde dürfen das – und fläzte sich in meinen Besuchersessel.

Jetzt konnte ich den Satz endlich loswerden: »Warum tust du so geheimnisvoll?«

Hermann starrte erst seinen Kaffee an, dann mich und schnitt sich umständlich den Zigarrenkopf zurecht. »Ich hab da ein Problem.«

»Was hast du angestellt?«

Er verschluckte sich und stellte seine Tasse ab. »Red keinen Quatsch. Der Fall Conradi ist doch nicht so einfach, wie ich dachte. Wir haben einen Zeugen.«

»Zeugen wofür?«

Hermann paffte einen Rauchkringel und sah ihm hinterher, wie er langsam zur Decke aufstieg und sich dann schlapp auflöste. »Jemand hat Conradi kurz vor seinem Tod gesehen, aber er will nicht mit uns reden.«

»Und was hab ich damit zu tun?«

Er nuckelte wieder an seiner Zigarre und versuchte sich an einem neuen Kringel, produzierte aber nur eine müde Rauchfahne. »Vielleicht redet er mit dir.«

Ich überlegte. »Wenn du eine richterliche Vernehmung beantragen willst, dann bin ich nicht zuständig, das weißt du.«

Er schüttelte den Kopf. »Es geht hier nicht um eine offizielle Vernehmung. Er will einfach nicht mit uns reden. Er meint, er habe kein Vertrauen zu uns. Aber dich kennt er.« Herrmann grinste wie ein Pfarrer bei der Beichte. »Vielleicht hat er deine menschliche Seite entdeckt.« Er betrachtete angelegentlich seine Zigarre.

»Also der kurze Dienstweg außerhalb der Strafprozessordnung?«

Herrmann nickte langsam. »Du weißt, dass das nicht ganz legal ist. Wir könnten beide Schwierigkeiten kriegen. Andererseits, wenn sich da was ergibt – vielleicht war's ja wirklich der Verfassungsschutz.«

Wir sahen einander an, schwiegen und pafften blaue Wolken. Schließlich drückte ich mein Zigarillo aus. Die Sicht in meinem Büro hatte sich zusehends verschlechtert.

»Sag erst mal, wie dein Zeuge heißt.«

»Friedrich Kellermann.«

Ich zuckte zusammen. »Der Friedrich Kellermann? Der kleine Einbrecher, der sich immer bei mir verurteilen lässt?«

Er nickte betrübt »Genau der.«

»Wo ist der denn jetzt?«

»Sitzt wieder.«

»Wieso das? Ich hatte den Haftbefehl doch nach unserem Urteil aufgehoben, keine Fluchtgefahr und so. Er hätte doch in Ruhe die Ladung zum Strafantritt abwarten können.«

»Stimmt, aber in der Nacht, in der Conradi starb, hat er in Datteln eingebrochen. Die Kollegen haben ihn eingesperrt. Jetzt ist er wieder in U-Haft.«

Ich nippte an meinem Kaffee. Der war mittlerweile kalt geworden. »Du willst doch wohl nicht etwa, dass ich in den Knast fahre?«

»Quatsch, ich lass ihn hier zur Polizei bringen. Da kannst du ihn in der Gewahrsamszelle besuchen. Der Polizeichef, der Lehmann, schuldet mir sowieso noch einen Gefallen. Du kannst hintenrum rein. Außer Lehmann sieht dich keiner.«

Ich sah Hermann streng an. »Was bietest du?«

Er hatte wohl so was geahnt, nickte ergeben, und knappe drei Minuten später hatte er feierlich geschworen, die Gebühren für die nächste Oldtimer-Rallye zu bezahlen und wieder einen Picknickkorb mitzubringen.

Beim Rausgehen drehte er sich noch mal um. »Du weißt, dass du Schwierigkeiten kriegen kannst. Du musst das nicht machen.«

Natürlich wusste ich das. Mir war auch ziemlich flau in der Magengegend, aber meine Neugier hatte schon gesiegt. Außerdem: Ein Picknick, das Hermanns Frau vorbereitet hat, sollte man nicht einfach sausen lassen. Sie macht die besten Buletten nördlich der Ruhr. Und es juckte mich schon, etwas Detektiv zu spielen.

Ich stand auf, öffnete die Tür und drängte Hermann sanft auf den Flur. »Geht in Ordnung. Ich mach's.«

*

Eine Stunde später meldete sich Polizeichef Lehmann. Wie in einem alten Edgar-Wallace-Film flüsterte er nervös ins Telefon: »Ein gemeinsamer Freund hat mir gesagt, dass Sie mal bei uns vorbeikommen wollen.«

Es dauerte ein, zwei Augenblicke, bis ich schaltete. »Ist richtig. Und wann?«

»Heute Abend um sechs?«

Kaum hatte ich Ja gesagt, war die Leitung tot.

*

Punkt 18 Uhr stand ich am Hintereingang der Polizeiwache. Eine kleine Klappe ging auf, ein Auge erschien, dann öffnete sich die Tür.

Lehmann war blass, schwitzte und sah sich andauernd um. Er war auch sonst schon ständig hibbelig, für einen Polizeibeamten klein und schmächtig und wurde zunehmend kahler. Ein ungerechtes Schicksal hatte ihn aus dem Rheinland zum Polizeichef von Glandrop befördert. Zu seinen eher knorrigen, rustikalen und schwerblütigen einheimischen Beamten passte er wie ein Känguru auf eine Kuhweide. Er bemühte sich ständig, mit immer neuen Dienstanweisungen Respekt und Zuneigung zu erlangen, bislang allerdings ohne nennenswerten Erfolg.

Lehmann schloss die Tür hinter uns, führte mich durch ein paar Gänge zu den Gewahrsamszellen und schloss die erste auf. »Zehn Minuten«, flüsterte er, schob mich hinein und schloss wieder ab.

Konsterniert sah ich die geschlossene Tür an. So hatte ich mir das nicht vorgestellt.

Die Zelle war schmuddelig; eine Pritsche, ein Klo, ein Waschbecken; die Wände zierten zahllose Kunstwerke. Jemand hatte mit einem Filzstift groß unter das Fenster »Scheiß Bahnsen« geschrieben und daneben ein Hängmännchen gemalt. Zweifellos ein unzufriedener Kunde.

Kellermann saß auf der Pritsche und sah mich interessiert an.

»D-da sind Sie ja.«

Was sollte ich darauf antworten?

»Tach, Herr Kellermann. Ich höre, Sie wollen mir was erzählen?«

»K-kann sein, aber was k-krieg ich d-dafür?«

Hatte ich es mir doch gedacht. Das Schlitzohr wollte ein Geschäft machen. Von wegen menschliche Seite.

»Von mir gar nichts. Unser Verfahren ist zu Ende. Wenn Sie sich einen Gefallen tun wollen, machen Sie keinen Mist mehr, dann müssen Sie auch nicht bei mir antreten.«

Kellermann zwinkerte verschämt.

»Aber ich denke, Sie können sich bis jetzt noch nicht beklagen. Eigentlich sind Sie bei uns ziemlich gut weggekommen.«

Kellermann nickte. »Stimmt, aber w-was ist mit der Sache in D-datteln?«

»Damit habe ich nichts zu tun, das machen die Kollegen da. Was ham Sie denn angestellt?«

»N-nichts!«

So siehst du aus! – Ich glaubte ihm aufs Wort.

»N-na gut, ich war in der P-pommes-B-bude. B-bevor ich was k-klauen k-konnte, warn die B-bullen aber schon da.«

»Mmh, na gut, reden Sie mit Ihrem neuen Verteidiger. Gegen unser Urteil haben Sie doch Berufung eingelegt.«

»St-timmt, wie immer!«

»Fragen Sie Ihren Verteidiger. Vielleicht lässt die Staatsanwaltschaft mit sich reden, wenn Sie die Berufung zurücknehmen. Möglicherweise wird dann das neue Verfahren eingestellt. Geklaut haben Sie ja nichts.«

Kellermann grinste »Na g-geht doch!«

»Okay, das ist kein Versprechen, das war nur ein Tipp. Jetzt sind Sie dran.«

Kellermann guckte an die Decke. »In Ordnung. Ich war in D-datteln unterwegs mit dem F-fahrrad, so abends um zwölf, M-mittern-nacht. D-da kam der Conradi vorb-beigerast.«

»Haben Sie sein Gesicht gesehen?«

»Nee, w-war doch d-dunkel, aber es war s-seine alte K-karre, k-kennt doch jeder.«

»Und weiter?«

»Er w-war nicht allein, war n-noch ne F-frau mit im Auto.«

Ich wurde hellhörig. »Woher wissen Sie das denn, war doch dunkel?«

Er glotzte mich an, als ob ich besonders begriffsstutzig wäre. »F-fuhren unter ner L-laterne durch, konnt ich kurz sehen. B-beifahrerseite. War ne F-frau.«

»Und? Wie alt? Haarfarbe?«

»W-weiß ich nicht.«

»Und woher wissen Sie, dass es ne Frau war?«

Wieder der Blick. »Ich bin doch nicht do-do-doof, k-kann doch ne F-frau erkennen.«

»Das war alles?«

»K-klar!«

So, wie ich ihn kannte, wusste er tatsächlich nicht mehr.

»Danke, Herr Kellermann.«

Die Tür ging auf, eine Hand erschien und winkte mich nach draußen. Lehmann schloss die Tür wieder ab und führte mich schweigend im Geschwindschritt zur Hintertür.

*

Um halb sieben war ich zu Hause. Ich erstatte Hermann sofort telefonisch Bericht. Er grunzte: »So ein Schlitzohr!«

»Was hast du erwartet? Wisst ihr denn sonst noch was?«

»Na ja, die Spurensicherung hat sich das Wrack angesehen. Es waren eine Menge Haare auf der rechten Seite, verschiedene Farben, Schweißspuren und Fingerabdrücke auf dem Lenkrad, von zwei Personen. Eine Sorte am ganzen Lenkrad, eine zweite nur rechts, an zwei Stellen.«

Das musste ich erst mal verarbeiten. »Du meinst, da hat jemand ins Lenkrad gegriffen und nachgeholfen?«

Hermann pustete missmutig ins Telefon. »Keine Ahnung, aber jetzt muss ich ermitteln. Am Ende war's ja doch kein Unfall. Ich weiß bloß noch nicht, wie ich die Aussage vom Kellermann ins Verfahren reinkriege. Aber ich danke dir. Bis die Tage! Ach ja, und erzähl niemandem von der Geschichte.«

Entweder machte sich Hermann wirklich Sorgen oder er hielt mich plötzlich für blöd. Bevor ich ihn danach fragen konnte, hatte er aufgelegt.

*

Natürlich erzählte ich niemandem etwas. Außer Claudia. Aber meine Frau ist seit über 25 Jahren daran gewöhnt, in allen möglichen Fällen und Fragen konsultiert zu werden. Zu ihren – Gott sei Dank zahlreichen – Fehlern gehört nicht die Klatschsucht.

»Eine Frau?«, fragte sie, »was ist daran so ungewöhnlich?«

»Eigentlich gar nichts, aber warum hat sie sich nicht gemeldet? Conradis Tod stand doch in allen Zeitungen. Auch jetzt zur Beerdigung.«

»Na ja«, sagte Claudia, »vielleicht will sie keinen Skandal, vielleicht war's ne Mandantin, vielleicht wird sie gesucht, vielleicht ist sie verheiratet. Da gibt's tausend Erklärungen.«

Bedauernd musste ich zustimmen. Vielleicht war es ja doch keine große Sache, erst recht keine Sensation.

9

Der Rechtsanwalt hat seinen Beruf gewissenhaft auszuüben. Er hat sich innerhalb und außerhalb des Berufes der Achtung und des Vertrauens, welches die Stellung des Rechtsanwalts erfordert, würdig zu erweisen. (§ 43 Bundesrechtsanwaltsordnung)

Als ich am Dienstag ins Büro kam, lag immer noch das Glandroper Tageblatt auf dem Tisch, aufgeschlagen beim Nachruf für Conradi.

Komische Sache. Wenn die Präsidentin Conradi kannte – und warum sollte sie den Assistenten ihres Vaters nicht gekannt haben –, wieso hatte sie dann mich nach dessen Problemen gefragt? Vielleicht aus Vorsicht. Es war schon ab und an vorgekommen, dass sich Anwälte an den Geldern ihrer Mandanten vergriffen hatten. Das waren aber meist kleine Krauter gewesen, die sowieso am Rande des Existenzminimums gelebt hatten. Wenn ein Großer wie Conradi auch nur in solch einen Verdacht kam, war natürlich die Hölle los, gerade bei seiner Popularität und der Nähe zur Revolverpresse. Die würde ihn fertig machen, egal ob an den Vorwürfen was dran war oder nicht, und nach jedem halbwegs prominenten Namen gieren, der auch nur entfernt mit ihm in Verbindung stand. Die Bekanntschaft mit Conradi könnte der Karriere unserer Präsidentin dann durchaus abträglich sein. Also brauchte sie vielleicht einfach nur einen unauffälligen Kundschafter. Andererseits, was ging's mich an? Der Aktenbock wartete.

*

Gegen zwei Uhr nachmittags hatte ich dann genug vom Aktenwälzen. Ich lehnte mich zurück, steckte ein Zigarillo an, und meine Gedanken kehrten zur Präsidentin zurück.

Das Internet bot einiges. Ihr Vater: Professor Dr. Dr. Wilfried Potthoff, anerkannter Staatsrechtler, Verfasser einiger Standardwerke und Mitarbeiter an maßgeblichen Kommentaren, emeritierter Professor, freier Mitarbeiter bei Funk und Fernsehen. Ein Foto von ihm war auch dabei. Seit meiner Studentenzeit hatte er sich kaum verändert. Immer noch hager, verkniffen und bösartig. Die Tochter sah ihm nicht ähnlich. Ein Glück für sie.

Ich suchte die Website des Institutes. Personalien. Tatsächlich, da stand es. 1973–74: wissenschaftlicher Assistent: Conradi. Jetzt war ich richtig neugierig geworden und klickte mich ins Handbuch der Justiz. Dr. Marianne Potthoff, Präsidentin, erstes Staatsexamen 1970, zweites Examen 1973, promoviert 1974. In

Münster. Also musste sie Conradi gekannt haben. Ich suchte eine Weile, bis ich ihre Doktorarbeit fand, und war überrascht. »Abgrenzung zwischen Diebstahl und Betrug unter Berücksichtigung der Rechtssprechung des Reichsgerichts zwischen 1920 und 1940«.

Strafrecht. Ausgerechnet! Ich hatte mir vorgestellt, dass sie mindestens im Europarecht oder ähnlich hochtrabenden Gebieten promoviert hätte, aber Strafrecht? Na gut, Verfassungsrecht ging wohl schlecht, da hätte sie ja bei ihrem Vater promovieren müssen.

Ich klickte noch mal Conradi an. 1974 hatte er die Universität verlassen. Warum, stand da nicht. Danach hatte er eine steile und erfolgreiche Anwaltskarriere begonnen. Er war sicherlich nicht als armer Mann gestorben. Geld ist immer ein Argument.

*

Kurz vor Feierabend erreichte ich Hermann. Er war den ganzen Tag bei irgendwelchen Obduktionen gewesen und klang ziemlich abgeschlafft.

»Kannst du was für Kellermann tun?«, fragte ich.

Hermann knurrte. »Ich werd mal mit den Kollegen reden. Vielleicht stellen die das neue Verfahren ein, wenn er die Berufung in dem anderen zurücknimmt. Wer könnte eigentlich die Frau gewesen sein?«

»Da fällt mir nur Mandy ein.«

»Mir auch«, meinte er. »Aber die hat Zeit bis morgen.«

10

Wer in der Absicht, sich oder einem Dritten einen rechtswidrigen Vermögensvorteil zu verschaffen, das Vermögen eines anderen dadurch beschädigt, dass er durch Vorspiegelung falscher oder durch Entstellung oder Unterdrückung wahrer Tatsachen einen Irrtum erregt oder unterhält, wird mit Freiheitsstrafe bis zu fünf Jahren oder mit Geldstrafe bestraft. (§ 263 Absatz 1 Strafgesetzbuch; Betrug)

Mittwochs war wieder Schöffentag. Angeklagt war eine junge Dame, die übers Internet Fahrräder angeboten hatte. 57 Kunden, beseelt vom geilen Geiz, waren auf das überaus lukrative Angebot eingegangen und hatten auch gezahlt. Indes: Die Fahrräder waren nicht geliefert worden. Bei der Hausdurchsuchung hatte die Polizei auch keine Spur von irgendwelchen Versandunterlagen gefunden. Es bestand der Verdacht, dass die junge Dame es lediglich auf das Geld der Kunden abgesehen hatte; das hatte sie übrigens mittlerweile verpulvert.

Angeklagt war also Betrug in 57 Fällen, und ich hatte mich bei der Vorbereitung mühsam durch einen Wust von E-Mails, Reklamationen und Strafanzeigen hindurchgearbeitet.

Kurz vor neun saß ich mit den Schöffen im Gerichtssaal, Verteidiger und Staatsanwalt waren auch da. Punkt neun ging die Tür auf, und herein kam Esters, unser ältester Wachtmeister. Wir sahen ihm erwartungsvoll entgegen.

»Die Angeklagte kommt nicht«, platzte er heraus und legte mir ein eindrucksvolles Attest auf den Tisch. Danach war die junge Dame heute Morgen völlig unerwartet gleichzeitig an Bluthochdruck, Koliken und Bronchitis erkrankt und absolut nicht in der Lage, an der Verhandlung teilzunehmen. So bestätigte es zumindest Alfons Müller-Ossenkötter, praktischer Arzt.

Esters lächelte mitleidig. »Scheiße, wa?«

Ich gab ihm die Zeugenliste. »Herr Esters, seien Sie so nett und gehen rauf zu Siggi. Vielleicht kann sie einige Zeugen noch telefonisch abladen.«

Esters nickte und verschwand.

Der Staatsanwalt packte bereits seine Robe ein, der Verteidiger lächelte beschämt. »Tut mir leid«, sagte er. »Ich wusste davon auch nichts.«

Ich räumte die Akten zusammen. »Dann eben auf ein Neues.«

*

Nachdem ich die Schöffen entlassen hatte, bekämpfte ich meinen Frust in der Kantine mit einem großen Kaffee und einem Zigarillo. Leider war sonst niemand da, dem ich mein Leid hätte klagen können.

Also fuhr ich mit dem Aufzug nach oben zu meinem Büro, setzte mich hinter den Schreibtisch und betrachtete lustlos die Akten. Zu Siggi rüber wollte ich nicht, die war bestimmt noch damit beschäftigt, herumzutelefonieren und so viele Zeugen wie möglich daran zu hindern, vergebens zum Gericht zu kommen. Aber etwas Detektiv spielen konnte ich. Vielleicht war ja herauszufinden, wer Mandy war?

Zuerst probierte ich es beim Oldtimer-Club in Dorsfeld. Dort meldete sich jemand, dessen Stimme mir bekannt vorkam, ich konnte sie aber nicht sofort unterbringen. Dann fiel der Groschen: der distinguierte ältere Herr mit dem Blazer.

»Bahnsen hier, ich war bei Ihrer letzten Rallye dabei.«

»Hat es Ihnen gefallen? Vor allen Dingen der Concours d'Elegance, ich hoffe, Sie haben ihn gesehen?« Seine Stimme zitterte vor Begeisterung.

Ich ging auf seinen Tonfall ein. »Ja, vor allen Dingen der Ferrari. Ein Jammer, dass Conradi tot ist.«

»Ich habe es in der Zeitung gelesen.« Seine Stimme klang betrübt. »Der schöne Aston Martin.«

Jeder hat halt seine Prioritäten.

»Na ja, aber den Ferrari gibt's ja noch«, versuchte ich ihn zu trösten. »Wissen Sie zufällig, wer die junge Dame im Ferrari war?«

»Junge Dame?«

Anscheinend war er doch schon älter, als ich gedacht hatte.

»Ja, die junge Dame, die Blondine im Ferrari.«

»Blondine? Ach die, keine Ahnung. Die habe ich vorher noch nie gesehen. Aber es ist wirklich ein Jammer um den schönen Wagen.«

Ich ließ ihn noch eine Weile den herben Verlust beklagen, bevor ich mich verabschiedete.

Das war also nichts. Wo konnte ich sonst noch fragen? Allenfalls in Conradis Büro. Ich hatte sowieso dort vorbeigehen wollen, um Frau Druckemöller mein Beileid auszusprechen. Frau Druckemöller ist schon seit über zwanzig Jahren Conradis Bürovorsteherin. Wir hatten oft miteinander zu tun gehabt, wenn es galt, Termine zu koordinieren, weil Conradi selbst mal wieder den Kalender geführt und ihn völlig durcheinandergebracht hatte.

Ich sah auf die Uhr. Halb zwölf. Mein Schreibtisch war fast leer. Die richtige Zeit für einen Kondolenzbesuch.

*

Conradis Büro lag etwa fünf Minuten vom Amtsgericht entfernt hinter einem heruntergekommenen Einkaufszentrum, eingeklemmt zwischen einem An- und Verkaufsladen und einem Handygeschäft. Vermutlich hatte Conradi seine Kanzlei mit Absicht nicht in einem der besseren Viertel eingerichtet, sondern nahe bei der Kundschaft. Gegenüber wurde gerade ein bemerkenswert hässlicher Bürowürfel aus den 60er Jahren saniert. Einige Bauarbeiter hangelten auf einem Gerüst herum und brachen die alten Fenster heraus.

Neben Conradis Kanzleitür prangte ein riesiges Messingschild.

Johann Baptist Conradi
Rechtsanwalt
Fachanwalt für Strafrecht

Die letzten Jahre hatte er allein praktiziert, nachdem er zuvor diverse Partner verschlissen hatte. Ich hatte ihn einmal gefragt, warum er als Einzelkämpfer tätig sei. Er hatte mir den Arm um die Schulter gelegt und vertraulich ins Ohr geblasen: »Musste verstehn, ist doch viel einfacher, muss man keine Rücksicht nehmen. Die andern haben immer Familie oder so. Immer geht irgendwas schief. Die Weiber werden andauernd schwanger. Allein ist einfach besser.«

»Und was ist mit Urlaub?«, hatte ich ihn naiv gefragt.

Er hatte mich erstaunt angesehen. »Brauch ist nicht. Wenn ich mal wegwill, fahr ich zum Flughafen und guck, wo ein Flieger hingeht. Letztes Mal ging einer nach Salt Lake City. Ich wusste gar nicht, wo das ist. Irgendwo in der Wüste in Amerika. Ich war zwei Tage da. War ganz nett. Aber dann bin ich wieder zurück. Urlaub brauch ich nicht.«

*

Ich fand Frau Druckemöller hinter ihrem Schreibtisch im Foyer der Praxis. Die Einrichtung war betont seriös, dunkles Holz, an den Wänden Regale, in denen alle möglichen Folianten vor sich hinstaubten.

Frau Druckemöller, um die fünfzig, ganz der Typ seriöse Chefsekretärin, war blass und hatte verheulte Augen. Ob sie mal was mit Conradi gehabt hatte? Schwer zu sagen. Sie sah erst auf, als ich vor dem Schreibtisch stand. »Herr Bahnsen, es tut mir leid, die Praxis ist …« Sie schniefte.

»Ich weiß, Frau Druckemöller, ich wollte Ihnen mein Beileid aussprechen. Wie geht's denn jetzt weiter?«

»Ich … ich weiß es nicht. Ich hab die andern Mädels nach Haus geschickt. Aber irgendjemand muss ja hier am Telefon sein. Andauernd rufen Mandanten an. Was soll bloß werden?«

Sie begann wieder zu weinen. Nach einer halben Minute straffte sie sich, tupfte mit einem Spitzentaschentuch über die Augen. »Verzeihen Sie bitte, nehmen Sie doch Platz.«

Sie zeigte auf eine elegante Sitzgruppe, italienisch, in schwarzem Leder. »Darf ich Ihnen einen Kaffee bringen?«

»Aber nur, wenn Sie einen mittrinken.«

Sie nickte zaghaft. »Ja, ich glaube, ich habe Zeit.«

Kurz darauf kam sie mit zwei Tassen Cappuccino, offenbar das Trendgetränk in den besseren Kreisen der Justiz.

»Sie kannten ihn doch. So einen wie ihn, den gibt es nicht mehr.«

Da hatte sie zweifellos recht.

»Vor ein paar Tagen hat er noch von Ihnen gesprochen. Er meinte ...« Sie schob mir die silberne Zuckerschale herüber. »Er meinte, Sie seien eigentlich viel zu schade für das Amtsgericht.« Sie lächelte schüchtern. »So ein guter Richter gehört ans Oberlandesgericht.«

Meine Eitelkeit schnurrte wohlig. Aber trotzdem: Hatte Conradi eine Ahnung gehabt! Niemals hätte ich die Freiheit eines Amtsrichters gegen den anonymen Massenbetrieb am OLG eingetauscht. Außerdem habe ich viel lieber mit Menschen zu tun als nur mit Akten.

»Frau Druckemöller, gibt es denn niemanden, der die Praxis übernehmen kann, der sie weiterführt?«

»Ach, Sie wissen doch. Er hat die letzten Jahre allein gearbeitet. Wir hatten nur eine Kooperation mit Dr. Thalheim und Köthen.«

»Bitte?«

Ich wusste nicht, von wem sie sprach.

»Thalheim und Köthen, die Praxis in Leipzig. Einige Jahre nach der Wende hat der Chef eine Kooperation begonnen. Das lief sehr gut. Manchmal war er drüben, manchmal kamen sie her. Warten Sie, ich habe hier ein Foto.« Eifrig stand sie auf und nahm ein Bild von der Wand.

Ich bemerkte erst jetzt die zahllosen Fotos und Zeitungsausschnitte in edlen Rahmen. Conradi mit Prominenten und Mandanten, Conradi mit Politikern, Arm in Arm, einige lächelten gequält, andere eher geschmeichelt. Dazu einige akkurat ausgeschnittene

Schlagzeilen, die seine Kämpfe für die Gerechtigkeit feierten.

Frau Druckemöller setzte sich neben mich und gab mir das Foto. »Sehen Sie hier, das ist Dr. Thalheim und das ist Frau Köthen.«

In der Mitte natürlich Conradi, links neben ihm ein junger Mann, Typ erfolgreicher Anwalt; rechts das weibliche Gegenstück im kleinen Kostüm.

Ich sah genauer hin. Konnte das Mandy gewesen sein? Nein, die Frau auf dem Bild war brünett und bei weitem nicht so hübsch.

Ich wollte das Foto schon zurückgeben, sah dann aber noch mal hin. – Da gab's doch eine gewisse Ähnlichkeit.

Ich schlürfte den Cappuccino und versuchte Frau Druckemöller zu trösten. Besonders gut bin ich in solchen Sachen nicht. Aber es schien ihr etwas zu helfen.

*

Als ich wieder auf die Straße trat, hatten die Bauarbeiter die Mittagspause eingeläutet. Sie saßen oben auf ihrem Gerüst, tranken Bier, aßen Stullen und ließen die Beine baumeln.

Vor dem Schaufenster des An- und Verkaufsgeschäftes drängelten sich ein paar arabische oder türkische Jungmannen und diskutierten lauthals über die Qualität der ausgestellten Handys, die weniger glückliche Mitmenschen hatten verkaufen müssen und die jetzt auf Interessenten warteten. Als sie mich sahen, verstummten sie schlagartig. Einer von ihnen kam mir irgendwie bekannt vor.

*

Zurück im Büro suchte ich mir die Nummer von Thalheim und Köthen in Leipzig heraus.

»Dr. Thalheim und Köthen, Rechtsanwälte und Notare«, meldete sich eine weibliche Stimme. Zu meiner Überraschung völlig akzentfrei.

»Bahnsen, Amtsgericht Glandrop. Ich würde gern mal mit Dr. Thalheim sprechen.«

»In welcher Angelegenheit?«

»Conradi«, sagte ich.

»Bitte warten Sie, ich sehe nach, ob der Doktor frei ist!«

Kurz darauf eine kultivierte männliche Stimme. »Thalheim.«

»Schönen guten Tag, Herr Dr. Thalheim. Bahnsen hier, Schöffengericht Glandrop. Ich kannte Ihren Kollegen Conradi.«

Ein kurzes Zögern. »Ja, es ist ein Jammer. Leider können wir seine Mandate nicht weiterführen, wir sind ausschließlich im Wirtschaftsrecht engagiert. Strafrecht betreiben wir nicht.«

Der sächsische Akzent war kaum herauszuhören.

»Ja, das sagte man mir schon. Aber vielleicht können Sie mir weiterhelfen. Ich suche Mandy.«

»Wen, bitte?«

»Eine junge Dame namens Mandy. Sie hat Conradi am vorletzten Wochenende auf einer Oldtimer-Rallye begleitet. Ich habe sie dort kennengelernt.«

»Ich bedauere, ich kenne diese Dame nicht.«

Ich ließ ein paar Sekunden vergehen. »Herr Dr. Thalheim, Mandy wird von der Polizei als Zeugin für Conradis Unfall gesucht. Wenn sie nichts damit zu tun hat, wird sich niemand weiter für sie interessieren. Ich habe in der Kanzlei Conradi ein Foto gesehen. Irgendwann sieht's der Staatsanwalt auch. Der war ebenfalls auf der Oldtimer-Rallye.«

Das Telefon schwieg. »Sind Sie noch da?«, fragte ich schließlich.

»Ich bin morgen in Essen. Können wir uns am Nachmittag treffen?«

Der sächsische Akzent war erheblich stärker geworden.

»Gern. Ich schlage vor, Sie besuchen mich in meinem Büro. Sagen wir, nach fünf. Dann ist das Haus leer. Sie werden hier außer mir niemanden treffen, auch keinen Staatsanwalt.«

*

Er kam kurz nach fünf. Er hatte vorher angerufen, und ich erwartete ihn am Nebeneingang.

Gemeinsam gingen wird durch das verlassene Erdgeschoss und fuhren mit dem Aufzug hoch zu meinem Büro. Bis dahin hatte er nicht mehr als guten Tag gesagt.

Ich bot ihm einen Kaffee an, den er nach einem kritischen Blick auf meine Kaffeemaschine akzeptierte. Dann lehnte er sich in meinem Besucherstuhl zurück, so weit es ging, steckte sich eine Zigarette an. Ich zündete mir ein Zigarillo an. Wir rauchten schweigend.

Schließlich drückte er langsam seine Zigarette aus. »Was kann ich für Sie tun?«

»Herr Dr. Thalheim, ich bin mir ziemlich sicher, dass wir uns vor ein paar Tagen auf der Oldtimer-Rallye gesehen haben.«

Er zog die Augenbrauen hoch.

»Ich hab's erst auch nicht geglaubt, aber jetzt …«

»Und was nun?«

»Gar nichts. Wenn Sie mit Conradi im Auto waren, sagen Sie's mir.«

Er fuhr sich mit einer zierlichen Geste durchs Haar und sah zur Seite. »Wie haben Sie's rausgefunden?«

»Die Zahnlücke. Und außerdem, jetzt, wo ich Sie in natura sehe, bin ich mir ganz sicher. Aber ich habe es mir schon gedacht, als ich Ihre Stimme am Telefon hörte.«

Er nickte langsam. »Wissen Sie, ich bin Wirtschaftsanwalt. Ein guter. Wenn meine Mandanten erfahren, dass ich noch ein anderes Leben führe, bin ich fertig.« Er stockte.

»Ich bin mit dem Staatsanwalt befreundet«, sagte ich leise.

Er sah mir kurz in die Augen. »Am Wochenende bin ich Mandy. Manchmal jedenfalls. Ich bin eine

Dragqueen. Aber niemals in Sachsen oder sonst wo im Osten. Conradi hat mir mal geholfen. Kurz nach der Wende. Er hat mich aus einer Nummer rausgeholt, einer Geschichte in der Schwulenszene. Ich bin öfter als seine Freundin aufgetreten. Er hatte einfach Spaß daran, die Leute zu verarschen. Und … mir hat's auch Spaß gemacht.« Er schaute mir gerade ins Gesicht. »In der Nacht, als er starb, war ich nicht bei ihm.«

»Gibt's dafür irgendwelche Beweise?«

»Ich hatte einen Prozess vor dem Bundesgerichtshof und habe in Karlsruhe übernachtet. Am nächsten Tag war die Verhandlung. Ich kann ihnen zu dem Unfall nichts sagen.« Er nannte mir das Aktenzeichen und die Parteien, außerdem den Namen des Hotels und dessen Telefonnummer.

Ich rief dort an. Der Concierge bestätigte, dass Dr. Thalheim spät am Abend eingecheckt und das Hotel früh am nächsten Morgen wieder verlassen hatte.

Thalheim hatte mir während des Gespräches ruhig zugesehen. »Und was jetzt?.«

»Nichts. Ich sagte Ihnen doch, dass ich mit dem Staatsanwalt befreundet bin. Ich werde ihm erzählen, dass ich Mandy getroffen habe und dass sie nicht im Auto war. Ich werde ihm die Tasse geben, aus der Sie getrunken haben. Dann kann er die DNA überprüfen lassen und auch die Fingerabdrücke.«

Lächelnd reichte er mir die Tasse herüber.

»Sind Sie jemals in dem Aston Martin mitgefahren?«

Er schüttelte den Kopf. »Nein, nur das eine Mal im Ferrari.«

»Dann braucht auch niemand zu erfahren, wer Sie sind.«

Er nickte. »Und Sie?«

»Wenn's keine Spuren gibt, interessieren Sie mich nicht mehr. Was soll also sein?«

Er sah mich eine Weile an. Die Ähnlichkeit mit Mandy war jetzt frappierend. Dann nickte er wieder. »In Ordnung.«

*

Am nächsten Tag gab ich Hermann die Tasse und bat ihn, sie untersuchen zu lassen. Er war zwar neugierig, aber durch die Sache mit Kellermann hatte ich was gut bei ihm.

Zwei Tage später kam das Ergebnis. Die Spuren passten nicht.

Vertrauen ist gut, Kontrolle ist besser.

11

Der Urlaub wird nach Arbeitstagen berechnet ... Der Urlaub beträgt vor vollendetem 30. Lebensjahr 26 Arbeitstage, vor vollendetem 40. Lebensjahr 29 Arbeitstage und nach vollendetem 40. Lebensjahr 30 Arbeitstage. (Verordnung über den Erholungsurlaub der Beamtinnen und Beamten und Richterinnen und Richter im Lande Nordrhein-Westfalen, § 5 Absatz 1 Satz 1 und Absatz 2)

Dienstag nach Pfingsten fuhren Claudia und ich für eine Woche an die Nordsee. Seit die Söhne erwachsen sind – oder dies zumindest behaupten –, machen wir das jedes Jahr ein-, zweimal.

Claudia und ich genießen ausgedehnte Spaziergänge am Strand und in den Dünen, gutes Essen in noch weitgehend touristenfreien Gasthöfen und gemütliche Abende mit Kreuzworträtseln und Fernsehen. Zenta genießt es, Möwen und Seeschwalben zu jagen, auch wenn sie bisher nie eine erwischt hat.

Wir wohnten in derselben Ferienwohnung wie in den Jahren zuvor, und nachdem wir ausgepackt hatten, begannen wir nach Leibeskräften, uns zu entspannen.

Ende Mai ist es an der Nordsee angenehm. Das Wetter geht in Ordnung, mangels Schulferien ist viel Platz. Allenfalls trifft man auf Rentner oder junge Familien, die damit beschäftigt sind, ihre Kevins und Amelies zu hüten. Die regen sich dann auf, wenn der Hund über den Strand läuft, hinterlassen aber, ohne mit der Wimper zu zucken, volle Windeln im Strandkorb.

Wir waren fest entschlossen, uns zu erholen, und standen über den Dingen. Wir lasen viel, lieferten uns verbissene Kniffelschlachten und machten lange Strandspaziergänge.

*

Am Mittwochabend erlaubte mir Claudia, Fußball zu gucken. Sie hatte sich eine Hochglanzzeitschrift gekauft, die das Leben der feinen Gesellschaft feiert und den Normalsterblichen nahebringt. Als ich darüber die Nase rümpfte, behauptete meine Frau, sie leide unter Bildungsdefiziten, weil sie zu selten zum Frisör gehe. So tauchte sie in das Leben der Reichen und Schönen ein, während ich mich mit Zigarillos und Bier am Länderspiel ergötzte.

»Alexander?«

Ich schnaufte unwillig.

»Guck mal hier, das ist doch deine Präsidentin.«

Wenn Deutschland gegen England spielt und es 1:1 steht, kann ich alle beruflichen Gedanken verdrängen.

»Schau mal!« Sie reichte mir die Zeitschrift.

Ich weiß aus Erfahrung, dass es völlig aussichtslos ist, ein derartiges Angebot abzulehnen. Also nahm ich die das bunte Blatt und warf einen Blick hinein. Umso schneller würde ich das Spiel wieder genießen können.

Tatsächlich, ein bunt bebilderter Artikel über »Frauen, die unser Schicksal bestimmen: Dr. Marianne Potthoff, Herrin über 150 Richter«. Ich sah mir die Fotos an. Die Präsidentin – gewinnend lächelnd hinter ihrem Schreibtisch und in ihren eigenen vier Wänden; links und rechts umgeben von italienischen Designermöbeln und erlesenen Kunstwerken; hinter ihr schien tatsächlich ein Lichtenstein an der Wand zu hängen. Dazu prägnante Bildunterschriften wie: »Sie weiß, was sie will« oder »In der Welt der Männer ist sie die Stärkste«.

Ich blätterte weiter und versuchte dabei, mit einem Auge dem Spiel zu folgen. Schließlich gab ich die Zeitschrift zurück. »Ja, so ist sie eben.«

Claudia warf mir einen vorwurfsvollen Blick zu. »Du hast überhaupt nicht gelesen.«

»Mach ich nachher. Guck doch mal, das Spiel ist richtig spannend.«

Sie seufzte auf und vertiefte sich wieder in die große Welt.

Nachdem Deutschland 2:1 gewonnen hatte, gaben wir Zentas Flehen nach und gingen noch mal zum Meer hinunter. Es war eine wunderschöne Nacht, die Leuchtfeuer blinkten über die See, das Meer rauschte und uns wurde ganz romantisch.

Über Marianne Potthoff sprachen wir nicht mehr.

*

Am nächsten Abend bestand Claudia darauf, sich als Ausgleich für mein Fußballspiel eine Herz-Schmerz-Schmonzette anzusehen. Wie sie meinte, immer noch zum Zwecke der Weiterbildung.

Ich streckte mich in meinem Sessel aus und stellte nach einiger Zeit fest, dass meine Oldtimer-Zeitschrift und die Urlaubsbücher, die ich mitgebracht hatte, außerhalb meiner Reichweite auf der Kommode lagen. Da ich zu faul war aufzustehen, versuchte ich die Faszination des Filmes zu erfassen. Faulheit macht Helden.

Als die Sonne zum dritten Mal im Fernsehen unterging und sich die Protagonisten malerisch im Sand wälzten, gab ich auf und schnappte mir Claudias Hochglanzzeitschrift. Ich blätterte darin herum und stieß auf den Artikel über Dr. Marianne Potthoff. Alles war besser als ein vierter Sonnenuntergang.

Ich las, dass sie aus einer alten Akademikerfamilie stamme, ihr Vater ein geachteter und berühmter Staatsrechtler sei und sie schon von Kindesbeinen an in seine Fußstapfen habe treten wollen. Weiter erfuhr ich, dass sie – nach tragisch gescheiterter früher Ehe – jetzt mit einem erfolgreichen Börsenmakler zusammenlebe, ihre Sommer in der Toskana verbringe und der modernen Kunst zugewandt sei. »In ihrer Freizeit zaubert sie für illustre Gäste exquisite italienische Menüs, die ihresgleichen suchen.«

Offensichtlich hatte sich die Reporterin gut vorbereitet. Zusammen mit der Präsidentin war sie auf einem Foto abgebildet: eine angestrengt lächelnde Blondine im Designeroutfit, die verzweifelt versuchte, unter den Reichen und Schönen als eine von denen zu gelten. Aber vielleicht bin ich ein bisschen gehässig.

Im Fernsehen fand tatsächlich der vierte Sonnenuntergang statt. Verzweifelt las ich weiter. Ich erfuhr, dass Marianne Potthoff nach hervorragendem Studium an die »Alma Mater ihres Vaters« zurückgekehrt sei und dort summa cum laude in Strafrecht promoviert habe.

Ich legte die Zeitschrift entnervt weg. Der fünfte Sonnenuntergang läutete den Showdown ein. Die Heldin und ihr Lover wälzten sich dem Happy End entgegen. Verstohlen sah ich zu Claudia hinüber. Sie schien das tatsächlich zu genießen.

Als der Film zu Ende war, quittierte sie mein erleichtertes Aufseufzen mit einem gestrengen Blick, lächelte dann aber und scheuchte Zenta und mich noch mal zum Strand.

Der Abend wurde wunderschön. Auch im Frühjahr kann der Herbst goldene Tage haben.

12

Den Tierärzten stehen für ihre Berufstätigkeit Vergütungen (Gebühren, Entschädigungen, Barauslagen sowie Entgelte für Arzneimittel und Verbrauchsmaterialien) nach dieser Verordnung, insbesondere nach dem in der Anlage vorgeschriebenen Gebührenverzeichnis zu. Die Höhe der einzelnen Gebühr bemisst sich, soweit nichts anderes bestimmt ist, nach dem einfachen bis dreifachen des Gebührensatzes. Die Gebühr ist innerhalb dieses Rahmens unter Berücksichtigung der besonderen Umstände des einzelnen Falles, insbesondere der Schwierigkeit der Leistungen, des Zeitaufwandes, des Wertes des Tieres sowie der örtlichen Verhältnisse nach billigem Ermessen zu bestimmen. (§§ 1 Artikel 1 und 2 Satz 1 Gebührenordnung für Tierärzte)

Am letzten Tag fuhren wir zu zum Leuchtturm hinaus. Nachdem wir in einer urgemütlichen Fischerkneipe gegessen hatten, bummelten wir satt und zufrieden über den Strand und warteten auf unseren Hund.

Irgendetwas grummelte in meinem Unterbewusstsein. Ich weiß aus Erfahrung, dass es keinen Sinn hat, mit Gewalt darüber nachzudenken. Meistens kommen solche verschütteten Gedanken irgendwann von selbst an die Oberfläche.

Zenta jagte eine Möwe. Auch als der Vogel längst hinter dem Horizont verschwunden war, suchte unser

Hund mit sturem Optimismus emsig in den Dünen weiter. Ab und zu hörten wir helles Jagdgebell. Klein Kevin und Amelie waren mit ihren Eltern längst nach Hause gegangen, so dass von dieser Seite kein Ärger drohte. Wir ließen Zenta also jagen.

Langsam gingen wir weiter. Wir hielten Händchen, und ich dachte, dass Liebe am Strand vielleicht doch keine ganz so schlechte Idee sei; andererseits: die Nordsee zu Pfingsten …

Claudia unterbrach meine Gedanken. Sie ließ mich los und drehte sich um. »Wo ist eigentlich Zenta?«

In den Dünen war es ruhig. Kein helles Jagdgebell mehr.

»Vielleicht ist sie der Möwe hinterher und schon halb in St. Peter«, meinte ich.

Claudia sah mich strafend an. »Unsinn, so weit läuft sie nie weg. Komm, wir gucken mal.«

Wir drehten um und riefen laut nach unserem Hund. Keine Reaktion. Schließlich fanden wir Zentas Spuren, die schnurgerade in die Dünen führten. Claudia begann zu laufen, ich keuchte hinterher. Sie ist bedeutend sportlicher als ich und verschwand bereits hinter dem Dünenkamm, als ich mich noch durch den Sand hinaufquälte.

Plötzlich schrie sie: »Alex, komm schnell!«

Mühsam krabbelte ich ihr nach.

Zenta lag hinter der Düne im Strandhafer und japste. Ihr Atem ging rasselnd. Claudia kniete neben ihr und sah mich hilflos an. Zenta wedelte schlapp, dann sackte sie zur Seite und verdrehte die Augen.

»Alex, wir müssen doch was machen. Wir müssen zum Tierarzt.«

Verdammt noch mal, wo gab es hier einen Tierarzt? Höchstens in St. Peter.

Ich nahm unseren Hund auf den Arm, und wir wateten durch den Sand Richtung Parkplatz. Zentas Atem pfiff und wurde immer unregelmäßiger. Der Weg kam uns endlos vor. Schließlich erreichten wir nass geschwitzt unser Auto. Claudia stieg mit Zenta hinten ein und ich gab Gas.

Unter Missachtung sämtlicher Geschwindigkeitsbegrenzungen rasten wir zur Hauptstraße und dann Richtung St. Peter. Sieben Kilometer verkündete ein Wegweiser. Von hinten hörte ich Claudia schluchzen. Ich biss die Zähne zusammen.

Plötzlich ertönte eine Polizeisirene. Im Rückspiegel sah ich einen Motorradpolizisten, der mit der linken Hand heftig gestikulierte. Du kannst mich mal, dachte ich und versuchte noch schneller zu fahren. Auf einem geraden Stück überholte er, scherte wieder ein und bremste. Mir blieb nichts anderes übrig, als anzuhalten. Ich kurbelte das Fenster herunter.

Der Polizist bockte seine Maschine auf und kam gewichtig auf uns zu. Noch bevor er den Mund aufmachen konnte, schrie ich ihn an: »Wir haben hier einen Notfall. Unser Hund kriegt keine Luft mehr. Gibt's hier einen Tierarzt?«

»Tierarzt?« Er steckte den Kopf durchs Fenster und sah auf den Rücksitz, wo Claudia völlig aufgelöst Zenta in den Armen hielt.

Der Polizist zog den Kopf wieder zurück und winkte mit beiden Armen. »Jau, Tierarzt ham wir. Komm Se ma mit.« Dann stapfte zu seiner Maschine, stieg auf und brauste los. Die Sirene schaltete er wieder an. Von so etwas hatte ich immer schon geträumt.

Das Motorrad donnerte nach St. Peter, dass ich Mühe hatte zu folgen. Am Ortseingang bogen wir mit quietschenden Reifen in ein Wohngebiet ein und bremsten schließlich vor einem leicht heruntergekommenen Friesenhaus. Im Vorgarten lag ein rostiges Kinderfahrrad, daneben ein Haufen Apfelsinenkisten; vor der Garage stand ein alter, schlammbespritzter Landrover; und auf dem Bürgersteig wartete Klaus Störtebecker. – Jedenfalls hatte ich ihn mir so immer vorgestellt. Zwei Meter groß, rötlichblonde lange Haare, einen flusigen roten Bart und Hände wie Kohlenschaufeln. Nur die runde Brille auf der Nase passte nicht.

Störtebecker riss die hintere Tür auf und schnappte sich Zenta. Er legte sie auf den Bürgersteig und klappte ihr ohne viel Federlesen die Schnauze auf. »Hinnerk, halt mal die Zunge!«, knurrte er den Polizisten an. Der kniete sich neben ihn und zog Zentas Zunge so weit aus dem Schlund, wie er konnte. Der Tierarzt leuchtete mit einer kleinen Taschenlampe hinein und nickte. »Kannst loslassen.« Dann stand er auf und ging ins Haus.

Claudia war mittlerweile ausgestiegen und lehnte laut schluchzend am Auto. Ich saß immer noch benommen hinter dem Steuer.

Der Tierarzt kam mit einer großen Spritze zurück, griff sich unseren Hund und spritzte Zenta eine helle Flüssigkeit ins Vorderbein. »So«, sagte er mit einer Stimme, die auch bei Windstärke 10 noch problemlos bis zur Großrah zu hören gewesen wäre, »jetzt müssen wir warten.«

Der Polizist setzte seinen Helm ab, ging zu seiner Maschine und murmelte irgendetwas in sein Funkgerät.

Ich hatte mich endlich so weit berappelt, dass ich auch aussteigen konnte. »Was …«, ich musste mich räuspern, »… was hat sie denn?«

Der Tierarzt sah mich von oben herab an. »Hat wohl ne Biene gefressen oder ne Wespe. Typischer Stadthund.«

Claudia hatte sich inzwischen neben Zenta gesetzt und deren Kopf in ihren Schoß gelegt. »Alex«, schniefte sie, »sie atmet wieder.«

Tatsächlich! Es rasselte zwar immer noch schrecklich, aber Zenta atmete regelmäßig. Sie hob etwas den Kopf und sah Claudia vorwurfsvoll an. Die brach wieder in Tränen aus. »Du Hund, du«, sagte sie und küsste Zenta auf die Nase.

»Stadtmenschen, Kinderersatz«, feixte der Tierarzt.

Ich schluckte. »Nee, nee, wir haben zwei Söhne, aber die sind erwachsen.«

Der Tierarzt nickte. »Sag ich doch.« Er kniete sich wieder neben Zenta, zog ihre Augenlider herunter, nickte zufrieden und meinte: »Dann kommen Se erst mal rein.«

Im Gänsemarsch folgten wir ihm zu der verkratzten Eingangstür. Claudia bestand darauf, Zenta zu tragen, Hinnerk bildete die Nachhut.

Durch ein kleines schmuddeliges Wartezimmer kamen wir in den Behandlungsraum. Auf dem Tisch standen ein paar angebrochene Futterdosen, die Wände waren bedeckt mit Werbeplakaten, die Entwurmungsmittel für Hunde und Aufbaupräparate für Katzen anpriesen. Neben dem Fenster lugte unter einem Papierstapel ein Computer hervor, den zweifellos noch Bill Gates persönlich entworfen hatte.

Der Tierarzt deutete auf vier wackelige Küchenstühle. »Nehmen Se erst mal Platz.« Dann ging er zu einem Schrank, auf dem ein großes Schild mit der Aufschrift »Vorsicht, giftige Substanzen!« prangte, und holte eine Flasche Korn und vier Gläser heraus. Die stellte er auf den Behandlungstisch, goss sie dänisch voll – mit einem Haufen drauf – und nickte uns zu. »Nu men Proost.«

Hinnerk ließ sich das nicht zweimal sagen, und auch der Doktor hatte sein Glas schon leer, bevor wir schüchtern zugriffen.

»Proost …«, schniefte Claudia, »… und ganz herzlichen Dank.«

Zenta lag auf einer Decke neben dem Tisch. Sie röchelte immer noch etwas, aber das Würgen und Rasseln war vorbei.

»Noch einen?«, fragte der Tierarzt.

Ich stand auf und reichte ihm mein Glas. »Gerne. Wir heißen Bahnsen, und das da ist Zenta.«

Der Tierarzt nickte. »Christiansen.« Er goss mir einen zweiten Schnaps ein, anschließend auch sich selbst.

Hinnerk guckte traurig.

Christiansen sah ihn an. »Im Dienst?«

Hinnerk hielt ihm sein Glas hin.

Claudia verzog das Gesicht. »Ich nicht.« Aber sie konnte schon wieder lächeln.

Wir kippten den Korn weg und schüttelten uns.

Christiansen ging neben Zenta in die Hocke und betastete vorsichtig ihren Hals und ihre Schnauze. Sie hob den Kopf und wedelte leicht. Er nickte zufrieden. »Wird wieder.« Dann ließ er sich auf seinen Stuhl plumpsen, warf noch einen Blick auf die Flasche, schob sie dann aber zur Seite.

»Wieso haben Sie schon auf uns gewartet?«, fragte ich.

»Hinnerk hat mich angefunkt von unterwegs. Hatte wohl den Eindruck, dass es eilig ist. War's ja auch.«

»Was war in der Spritze?«

»Cortison. Jetzt warten wir noch en bisschen, dann kriegt sie noch was zur Beruhigung, und morgen ist sie wie neu.«

Claudia hatte die ganze Zeit den Polizisten angesehen. Jetzt stand sie auf und fiel ihm stumm um den Hals.

Hinnerk wurde rot bis hinter die Ohren. »Na«, murmelte er, »war doch nix.«

Claudia drückte ihn noch mal und gab ihm einen Kuss auf die Stirn.

Er wurde noch verlegener. »Wir können doch unsere Touristen nicht hopsgehen lassen.«

Der Tierarzt zwinkerte Hinnerk zu. »Hättste auch nicht gedacht, dass dir heute noch ne schöne Frau um den Hals fällt, du Freund und Helfer.« Dann holte er eine zerdrückte Schachtel Rot Händle aus der Hosentasche und hielt sie in die Runde. Hinnerk nahm sich eine, Claudia auch. Ich schüttelte den Kopf und suchte nach meinen Zigarillos.

Claudia fragte schüchtern: »Ist das nicht schlecht für Zenta?«

Christiansen sah zu unserem Hund hinunter. Der Atem ging jetzt wieder regelmäßig, Zenta lag entspannt auf der Seite. »Ich mach en Fenster auf.«

Die nächste Stunde wurde dann richtig gemütlich. Der Tierarzt erzählte von Schweinen und Kühen, von schlitzohrigen Bauern und von seinem Studium in Hannover. »Aber da wollte ich nicht bleiben.« Er lachte. »War mir zu süddeutsch.«

Schließlich kamen wir auf seinen alten Landrover und natürlich meinen Käfer zu sprechen. Als sich herausstellte, dass Hinnerk eine Vorkriegs-DKW in der Scheune hatte, verdrehte Claudia die Augen und stieß mir in die Seite. »Jetzt komm!« Dann sah sie Christiansen unsicher an. »Können wir Zenta mit nach Hause nehmen?«

Der Tierarzt warf einen Blick auf unseren Hund, der jetzt ruhig schlief. »Dat geht.«

Ich zückte meinen Geldbeutel. »Was sind wir Ihnen schuldig?«

»28 Euro für die Spritze und noch mal 10 für das Beruhigungsmittel.«

Ich riss den Mund auf.

»Zu viel?«, griente er.

»Nee, ganz im Gegenteil. Ich hatte mit mehr gerechnet.«

»Kann man auch machen, aber wann unterhält man sich schon mal so nett.«

Ich legte das Geld auf den Tisch und steckte einen Zehner in die Spardose des Tierschutzvereins, eine angestoßene, grüne Porzellankatze.

Christiansen stand stöhnend auf und streckte sich. »Na denn, schönen Urlaub noch.«

Claudia nahm Zenta auf den Arm, und Christiansen brachte uns zur Tür. Hinnerk blieb noch sitzen, wahrscheinlich hoffte er auf einen weiteren Schnaps.

Mit wackeligen Knien stiegen wir in unser Auto und fuhren langsam und bedächtig zurück zu unserer Ferienwohnung.

Die Nacht über hielten wir abwechselnd Wache, Zenta schlief ruhig und friedlich. Am nächsten Morgen musste sie dann dringend raus, danach stand sie uns so lange vor den Füßen, bis wir sie endlich gefüttert hatten.

*

Müde, aber glücklich packten wir unsere sieben Sachen und fuhren nach Hause. Wir sprachen nicht viel, Claudia döste die meiste Zeit.

In meinem Unterbewusstsein grummelte es wieder. Da war doch irgendwas gewesen. Irgendwas hatte ich gehört oder gelesen. Plötzlich hatte ich es. »Strafrecht«, rief ich und schlug aufs Lenkrad.

Claudia schreckte hoch und sah mich böse an. »Was?«

»Strafrecht!«

»Morgen kannst du ja wieder Strafrecht machen«, muffelte sie, »aber musst du mich jetzt deswegen wecken?«

Ich ließ mich nicht abschrecken. »Nein, Strafrecht war's.«

Sie sah mich prüfend an. »Fehlt dir was?«

»Im Gegensatz zu normalen Menschen«, dozierte ich, »sind Juristen im Allgemeinen und Richter im Besonderen etwas seltsam.«

Sie nickte. »Damit sagst du mir nichts Neues.«

»Die Zivilrichter, also die Kollegen, die sich mit Mietstreitigkeiten, Verkehrsunfällen, unerlaubtem Wettbewerb und solchen Sachen beschäftigen, sind fest davon überzeugt, dass sie die Hüter der einzig wahren Juristerei sind. Die Verwaltungsrichter sind von sich derselben Meinung, aber beide sind sich in einem Punkt einig: Strafrichter sind eigentlich keine richtigen Juristen. Sie blicken auf uns herab, weil wir uns mit zweifelhaften Existenzen rumschlagen und eigentlich nur damit beschäftigt sind, unappetitliche Geschichten aufzuklären. Richtige Juristen sind wir nach deren Meinung nicht. Wir sind McDonalds und sie die Haute Cuisine.«

»Na und! Was ihr macht, ist doch viel, viel spannender.«

»Wem sagst du das! Deswegen wundert's mich ja, dass die Potthoff in Strafrecht promoviert hat.«

»Wieso?«

Manchmal kann Claudia ziemlich begriffsstutzig sein.

»Na, wenn sie wirklich die Spitzenjuristin ist, dieser Spross einer Familie hochgeistiger Wissenschaftler, warum hat sie dann in Strafrecht promoviert? Warum in diesen Niederungen?«

Claudia zuckte mit den Achseln. »Vielleicht hat's ihr Spaß gemacht.«

»Glaub ich nicht. Ich könnte es mir noch erklären, wenn sie an der Uni bleiben wollte, vielleicht Professorin werden; aber sie ist direkt nach dem zweiten Examen Richterin geworden. Und soweit ich weiß, hat sie niemals Strafsachen gemacht. Außer ein paar Wochen beim Amtsgericht, ganz am Anfang. Die klugen Bücher, die sie geschrieben hat, haben alle was mit Zivilrecht zu tun. Wenn ich's recht überlege, mit Strafrecht hat sie eigentlich nie wieder was zu tun gehabt.«

»Na und! Vielleicht konnte sie dort besonders schnell oder besonders einfach promovieren, kräht doch kein Hahn nach!«

Meine Frau ist von Natur aus pragmatisch. Aber irgendwie kam mir die Sache immer noch komisch vor.

13

Gegen die Urteile des Strafrichters und des Schöffengerichtes ist Berufung zulässig. Die Berufung muss bei dem Gericht des ersten Rechtszuges binnen einer Woche nach Verkündung des Urteils zu Protokoll der Geschäftsstelle oder schriftlich eingelegt werden. (§§ 312 und 314 Absatz 1 Strafprozessordnung)

Am ersten Tag nach dem Urlaub wartete die übliche Katastrophe.

Eigentlich hatte mich unser Jugendrichter Paul Müller vertreten sollen. Er ist bei seiner Kundschaft sehr beliebt, weil er einen beklagenswerten Hang zur einfachen Entscheidung hat. Das heißt, wenn der Angeklagte zufrieden ist, legt der keine Berufung ein, und Paul muss kein langes Urteil diktieren. Das macht ihn froh und die jugendlichen Missetäter ebenso, weil sie mit höchstens einem blauen Auge davonkommen. Die Staatsanwaltschaft hat längst resigniert und nimmt Paul so, wie er ist. Ich auch.

Die Vertretung hatte er natürlich vergessen – darin ist er wirklich gut – und alle Akten, die in der vergangenen Woche für mich bestimmt gewesen waren, in meinem Büro deponieren lassen. Ich konnte kaum noch aus dem Fenster gucken. Wenn Paul nicht ein so netter Kerl wäre, hätte ich ihn bestimmt schon die Treppe hinuntergeschubst. Allerdings müsste danach ich ihn vertreten.

Ich machte mich also ans Werk und sinnierte trübsinnig darüber nach, wie sinnvoll ein Urlaub ist, wenn die Wirkung am ersten Arbeitstag sofort verpufft. Etwas beklommen dachte ich an Siggi. Am Nachmittag würden die Wachtmeister die ganze Aktenlawine in ihr Büro karren, und sie würde als Bürochefin all meine lichtvollen Verfügungen und Entscheidungen umsetzen müssen.

*

Am nächsten Morgen traute ich mich kaum ins Büro. Ich schlich auf Zehenspitzen an Siggis offener Tür vorbei und hörte sie dumpfe Verwünschungen murmeln. Undeutlich konnte ich etwas von »Teeren und Federn« verstehen, auch war die Rede von siedendem Öl.

Ich flüchtete auf einen Kaffee in die Kantine. Dort traf ich Paul, der mich täppisch angrinste und sich wortreich dafür entschuldigte, die Vertretung vergessen zu haben. Er grummelte etwas von wichtigen Terminen und verdrückte sich. Immerhin bezahlte er meinen Kaffee.

Wie ich Paul kannte, wollte er so schnell wie nur möglich nach Hause, um seine kommende Reise in die skandinavische Wildnis zu planen. Er hat einen Campingbus und verschwindet jedes Jahr wenigstens zweimal nach Schweden oder Finnland, vorzugsweise hinter den Polarkreis. Was er dort eigentlich tut, weiß keiner so genau. Ein Staatsanwalt hatte vor einiger Zeit nach einer von Pauls gnädigen Entscheidungen geknurrt: »Wenn er sich schon andauernd bei den Bären rumtreibt, warum frisst ihn dann nicht endlich einer?«

*

Am Nachmittag hatte ich genug von Akten. Ich langte nach einem Zigarillo und rief Hermann an. Der meldete sich atemlos. »Ach, du lebst auch noch.«

»Was dagegen?«, frotzelte ich zurück. »Gibt's was Neues?«

Hermann wirkte erbost. »Was denkst du denn! Ich schlage mich gerade mit zwei Neonazis rum, die erst Odins Stimme gehört und dann drei Punker umgebracht haben. Und mit einem Singhalesen, der seine Frau mit einer Machete zerhackt hat. Sonst noch Fragen?«, schnaubte er ins Telefon.

»Armer Kerl.«

Das schien ihn zu besänftigen.

»Ich meinte eigentlich Conradi.«

»Ach der. Die Presse sucht immer noch nach einer Sensation und schwafelt von der Mafia. Es ist eine Plage. Aber warte mal, ich hab vorhin was gesehen.« Es raschelte vernehmlich. »Die Spurensicherung hat sich den Wagen noch mal vorgenommen. Dein Kellermann scheint Recht gehabt zu haben. Wir haben ein paar Haare und Hautschuppen gefunden, die nach der DNA-Analyse von einer Frau stammen. Und, wie ich dir schon sagte, Fingerabdrücke auf der rechten Seite des Lenkrades. Von wem die stammen, weiß man nicht. Auf der Erde waren keine verwertbaren Spuren mehr, alles zertrampelt. Aber wenn jemand bei ihm war, ist er oder sie unverletzt geblieben. Kein Blut, keine Verletzungsspuren im Auto. Macht dich das klüger?«

»Eigentlich nicht, mich plagt nur die Neugier.«

»Dann plag dich mal weiter. Im Gegensatz zu dir muss ich arbeiten.« Hermann war wieder in Fahrt gekommen. »Bis die Tage«, sagte er und legte auf.

Ich beschloss, meine Aktivitäten für diesen Tag einzustellen, und machte mich unter vorsichtiger Umgehung von Siggis Büro auf den Weg nach Hause.

14

Bei Sachverhalten mit einer Verbindung zum Recht eines ausländischen Staates bestimmen die folgenden Vorschriften, welche Rechtsordnungen anzuwenden sind. (Artikel 3 Absatz 1 Einführungsgesetz zum Bürgerlichen Gesetzbuch; Internationales Privatrecht)

Der Ausflug in das Fach des Ermittlers hatte bei mir Spuren hinterlassen. Ich fühlte mich ein bisschen wie Sherlock Holmes. Allerdings mit Zigarillos statt Kokain. Den ganzen Abend ließ mich die Frage nicht los, warum Marianne Potthoff in Strafrecht promoviert hatte. Folgerichtig ging ich Claudia damit auf die Nerven, die sich im Internet an Kreuzfahrt-Angeboten ergötzte.

Zunächst versuchte sie, einige einfache Erklärungen zu finden: »Vielleicht, weil's da leichter war.«

Das glaubte ich nicht. Eine solche Überfliegerin hatte dergleichen nicht nötig, außerdem ging's ja auch ums Prestige.

»Vielleicht kannte sie da jemanden.«

Gleiche Antwort.

»Vielleicht dachte sie, es sei gut für die Karriere.«

Das hätte eigentlich nur Sinn gemacht, wenn sich die Präsidentin für eine akademische Karriere interessiert hätte. Sie war aber direkt nach der Promotion in den Richterdienst gegangen und hatte mit großen Schritten die Karriereleiter erklommen.

Schließlich hatte Claudia genug. »Mein Gott, dann frag doch jemand anderen.«

Darauf hätte ich auch eher kommen können.

»Wolli?«

»Zum Beispiel!«

Wolli stand für Wolfgang Knauf, ordentlicher Professor am Institut für Internationales Privatrecht der Universität Münster. Und Wolli war eigentlich dafür verantwortlich, dass ich Jura studiert hatte.

Wir hatten uns Anfang der 70er beim Zivildienst in Bochum kennengelernt, und er hatte sich damals schon ganz sicher für die Juristerei entschieden. Ich eierte etwas orientierungslos zwischen Kunstgeschichte, Verkehrsplanung und Archäologie herum. Lehrer wollte ich partout nicht werden, und vor Medizin habe ich mich immer ein bisschen geekelt. Das kam also überhaupt nicht in Frage. Und die anderen Naturwissenschaften erschienen mir etwas zu mühsam. Schließlich fiel mir auch nichts anderes mehr ein, und ich entschied mich für Jura. Weil Wolli schon in Münster war, ging ich auch dahin.

Er war damals die Speerspitze der Roten Revolution. Obwohl mehr als zwei Zentner schwer, trug er eine Latzhose und ein Che-Guevara-Barett; damit predigte er eloquent bis geschwätzig den Sieg des Proletariats. Zunächst hatte er versucht, auch mich von der Sache des Volkes zu überzeugen; seine Bekehrungsversuche ließen aber ziemlich bald nach, und er gab endgültig auf, als Claudia dazustieß, die damals schon über den pragmatischen Sarkasmus verfügte, den Volksredner zu Recht so fürchten. Aber wir verbrachten zusammen mit seiner damaligen Freundin wundervolle Abende beim Doppelkopf, fuhren zusammen in Urlaub und standen uns beim ersten Examen bei. Später blieb er an der Uni und wurde ein wohlbestallter ordentlicher Professor, ich ein armer, aber glücklicher Amtsrichter.

Zuletzt hatten wir vor etwa zehn Jahren miteinander gesprochen. Auch davor war der Kontakt immer sporadischer geworden. Er war geschieden und hatte keine Kinder.

*

Am nächsten Morgen rief ich die Universität in Münster an und ließ mich verbinden.

»Institut für Internationales Privatrecht«, meldete sich eine kühle weibliche Stimme. »Was kann ich für Sie tun?«

»Ich würde gern mit Herrn Knauf sprechen.« Hol der Teufel seine Titel, ich kannte ihn seit über dreißig Jahren!

Die Stimme wurde noch kühler. »Der Herr Professor ist zurzeit in einer Veranstaltung. Worum geht es?«

Ich war gereizt. »Schreiben Sie meinen Namen auf und die Nummer, die Sie auf Ihrem Display sehen, er wird mich zurückrufen.«

»Selbstverständlich«, klang es vom anderen Ende. »Auf Wiederhören.«

Wahrscheinlich war ich doch etwas neidisch. So eine Vorzimmerdame ist schon eine Wucht. Ich kam mir etwas dämlich vor.

*

Am Nachmittag rief Wolli zurück.

»Hallo, Axel!«

So hat mich schon seit Jahren niemand mehr genannt. Es erinnert mich zu sehr an Eiskunstlauf, ich bevorzuge Alex.

»Hallo, Wolli!«

Anscheinend war er auch schon länger nicht mehr so genannt worden, denn er kicherte leise.

»Meine Vorzimmerfee sagt, irgendeine arrogante Type hätte angerufen. Das kannst eigentlich nur du gewesen sein.«

»Tut mir leid, wahrscheinlich so ein bisschen Sozialneid. Wie geht's dir?«

Er pustete ins Telefon. »Eigentlich ganz gut. Du weißt, dass ich geschieden bin?«

Ich konnte mich gut daran erinnern. »Da haben wir zum letzten Mal miteinander gesprochen.«

»Na ja, und seitdem bin ich wohlhabender Single in Münster. Ist nicht das Schlechteste, zumal mit akademischem Hintergrund. Und du, was machen Frau und Kinder?«

»Die Kinder haben wir jetzt fast groß, sie studieren beide; und wir halten nach wie vor Händchen.«

»Darum habe ich euch schon immer beneidet. Und die Jungs, Jura?«

Ich lachte. »Nein, die lernen was Vernünftiges. Der Große Geschichte und Archäologie.«

»Und der Kleine?«

»Medizin.«

Er prustete los. »Erzählt er dir auch alle Details?«

»Das habe ich mir verbeten. Mir wird immer noch schlecht davon.«

»Axel, ich muss gleich in ein Seminar. Was kann ich für dich tun?«

»Hör mal, es geht nur darum, meine Neugier zu befriedigen. Vielleicht kannst du mir helfen.« Ich merkte, dass das irgendwie blöd klang. »Und außerdem wollte ich mal wieder mit dir tratschen.«

»Wobei kann ich dir helfen?«

»Du kennst Conradi?«

»Euren Staranwalt. Ich hab's in der Zeitung gelesen. Ziemlich banaler Abgang.«

»Sagt dir der Name Potthoff was?«

»Der Alte? Ist mittlerweile emeritiert. Gott sei Dank hatte ich nicht viel mit ihm zu tun. Keiner, dem ich Geburtstagskarten schicken würde.«

»Nein, ich meine die Tochter.«

»Ist die nicht irgendwie in deinem Geschäft?«

»Ja, Präsidentin des Landgerichts hier bei uns.«

»Und was hab ich mit der zu tun?«

»Sie hat in Münster promoviert, in Strafrecht. Und ich frag mich, warum.«

»Was ist Ehrenrühriges daran?«

»Irgendwie kommt's mir komisch vor. Eine solche Überfliegerin promoviert ausgerechnet in Strafrecht. Hat vorher und hinterher nix damit zu tun und hat später ein paar gelehrte Bücher im Zivilrecht geschrieben. Ich bin einfach nur neugierig.«

»Tja.« Er überlegte. »Ich könnte mal rumfragen und kann mir natürlich die Doktorarbeit angucken. Aber das kostet dich ein Abendessen.«

Wolli hat eine Vorliebe für die anspruchsvolle Küche. Ich schluckte. Das musste er irgendwie mitgekriegt haben.

»Na gut, ich bin gnädig. Erinnerst du dich an die Kneipe in Amelsbüren, in der wir früher immer gegessen haben?«

Ich erinnerte mich. Eines dieser westfälischen Landgasthäuser, in denen man hervorragend Schinkenbrot, Krüstchen und dergleichen essen kann, dazu natürlich ein gepflegtes Bier.

»Einverstanden. Wann?«

»Gib mir ein paar Tage Zeit. Nächste Woche Freitag, sagen wir halb acht?«

*

Ich kam eine Viertelstunde zu spät. Ich hatte ganz vergessen, wie lange man bis Amelsbüren fährt, und war dann auch noch falsch abgebogen. Dabei hatte sich das Dorf kaum verändert.

Claudia war zu Hause geblieben. Sie hatte gemeint, sie wollte uns nicht beim Tratschen stören. Vielleicht befürchtete sie auch, sich zu Tode zu langweilen.

Wolli saß bereits an einem Tisch am Fenster, ein großes Pils vor sich. Die Anzahl der Haare und der Umfang des Bauches hatten sich diametral entgegengesetzt entwickelt, ansonsten sah er aus wie früher.

Er streckte mir die Arme entgegen und strahlte mich an. »Hallo, Axel, bist du gelaufen?«

Ich ließ mich auf den Stuhl ihm gegenüber fallen. »Ich lieb's eben gemütlich. Hast du schon bestellt?«

»Ich wollte auf dich warten.«

Die Kellnerin kam, ein fröhliches rotbäckiges Mädchen. Ich sah sie überrascht an, irgendwie hatte ich unsere alte Kellnerin erwartet. Aber die war nach dreißig Jahren bestimmt schon in Rente. Wir bestellten beide Krüstchen und Bier.

Für einen Moment war es wie damals. Wir waren wieder Mitte zwanzig, hatten das erste Examen hinter uns, waren stolz wie Oskar und glaubten, jeden erreichbaren Baum mit Stumpf und Stiel ausreißen zu können. – Der Moment ging schnell vorüber.

Wolli sah mich an. »Lange her, nich?«

Vielleicht hatte er ähnliche Gedanken gehabt.

Ich nickte langsam. »Wie fühlst du dich so als Professor?«

»Um ehrlich zu sein, ziemlich langweilig. Immer dieselben Veranstaltungen, für die sich kaum einer interessiert. Forschung, na ja. Früher waren die Tagungen im Ausland noch was Tolles. Chicago, Rio de Janeiro, London. Aber mittlerweile kenne ich so ziemlich alles, und es sind letztlich immer dieselben Leute. Aber was soll's, die Kohle stimmt, die Freizeit auch und ich hab's mir selber ausgesucht. Manchmal denk ich, ich hätte doch Anwalt werden sollen.«

»Ja, ja.« Ich kannte das. »Und wenn du Anwalt geworden wärst, würdest du jetzt drüber nachsinnen, ob du nicht besser Professor geworden wärst.«

»Wahrscheinlich hast du Recht.«

»Und was macht das Liebesleben?«

Wolli breitete die Arme aus. »Sieh mich an! Ich bin gefragt wie eh und je!« Dann beugte er sich vor, soweit sein Bauch das zuließ. »Nein, ernsthaft, wird langsam weniger.«

»Niemand Festes?«

»Schon lange nicht mehr. Ich fühl mich auch ganz wohl so. Und jetzt erzähl von dir.«

Also berichtete ich von den Söhnen, von Claudia, von Hunden und alten Käfern und vom freudlosen Dasein eines schlichten Amtsrichters in der Provinz.

Wolli hörte zu, ohne mich zu unterbrechen. Als ich fertig war, nickte er nachdenklich. »Ich glaube, ich beneide dich wirklich. Um Claudia sowieso. Und du hast Spaß an deinem Beruf.«

»Ich möchte keinen anderen haben. Immer andere Menschen, immer andere Situationen, und wenn ich denke, ich habe schon alles erlebt, kommt was Neues. Langweilig ist es nie.«

»Und die Kollegen?«

»Sind in Ordnung. Da kann ich wirklich nicht meckern.«

Paul Müller erwähnte ich nicht.

Die Kellnerin brachte unsere Krüstchen und für jeden noch ein Bier. So ein Krüstchen im Münsterland ist eine größere Angelegenheit. Ein Riesenteller, Schnitzel auf Brot, ein oder zwei Spiegeleier drauf und jede Menge bunter Salat drum herum.

Wolli sah hoch. »Schmeckt irgendwie bekannt«, sagte er mit vollem Mund. Ich nickte nur und mampfte weiter.

Als wir fertig waren, lehnten wir uns zurück. Ich bot ihm ein Zigarillo an. Nach kurzem Blick auf die Marke nahm er ihn. »Seit drei Jahren bin ich clean«, grinste er. »Außer bei besonderen Anlässen.«

Ich gab ihm Feuer. »Und wie oft finden die statt?«

Er zuckte mit den Achseln. »So zwei, drei Mal am Tag.« Er paffte zufrieden. »Und du spielst also Detektiv. Hast du endlich deine wirkliche Begabung entdeckt?«

Ich grinste zurück. »Nach deiner suchst du doch immer noch. Also erzähl.«

»Über deine Präsidentin habe ich nicht viel erfahren. Von den Leuten, die heute noch an der Uni sind, kannte sie kaum einer. Soweit ich gehört habe, war sie nicht sehr beliebt. Arrogante Überfliegerin war noch das Freundlichste. Mag auch sein, dass der Ruf ihres Vaters auf sie abgefärbt hat. Du kennst den alten Potthoff?«

Ich nickte.

»Ist schon ne ziemliche Hypothek, die Tochter eines solchen Übervaters zu sein, und zwar in jeder Hinsicht.«

»Weiß denn irgendjemand, was sie mit Strafrecht zu schaffen hatte?«

Er schüttelte den Kopf. »Nein, sie war ja nur kurz in Münster. Vorher so ziemlich überall. München, Freiburg; Göttingen glaube ich auch. Was sie da gemacht hat, weiß ich nicht, aber in Münster hatte sie mit Strafrecht nichts zu tun. Nur so hochgestochene Sachen.«

Ich kicherte in mein Bier. »Also so was wie deine juristischen Höhenflüge.«

»Einer muss es ja machen. Sie ist auf alle Fälle direkt nach der Promotion verschwunden, wohl sofort in den Richterdienst gegangen. Ich wüsste nicht, dass sie irgendwann eine akademische Karriere geplant hätte. Aber wie gesagt, es gibt kaum jemanden, der sie aus der Zeit kennt.«

Ich verdaute das.

»Und Conradi?«

»Na, den musst du doch kennen.«

»Nur als Anwalt, als ziemliche Nervensäge, großen Showman und Schaumschläger mit lichten Momenten.«

»Da war noch ein bisschen mehr. Er hatte wirklich was drauf. Ich habe mit Müller-Jansen gesprochen. Kennst du nicht, der war damals mit ihm zusammen Assistent. Er sagt, Conradi hätte den alten Potthoff in die Tasche stecken können, wenn er nur gewollt hätte. Aber er wollte nicht. Müller-Jansen glaubt, er wollte ihn in erster Linie verarschen.«

»Bitte? Er war doch sein Assistent.«

Die Kellnerin kam und räumte die Teller ab. Sie lächelte Wolli keck an und verschwand mit schwingendem Röckchen. Er sah ihr versonnen hinterher, riss sich dann los und trank einen großen Schluck Bier.

»Ja, aber er hat nie Anstalten gemacht, zu promovieren oder sich irgendwie an der Uni zu etablieren. Hat brillante Aufsätze geschrieben, aber den Alten auch furchtbar durch den Kakao gezogen. Kennst du die Geschichte nicht?«

Ich schüttelte den Kopf.

»Er hat mal eine Verfassung für Entenhausen entworfen und unter dem Namen von Potthoff in der Uni-Zeitung veröffentlicht. Wir haben uns alle schiefgelacht. Er hatte alle Phrasen und Theorien des Alten eingebaut. Der muss getobt haben. Nach außen hat er natürlich gelächelt und so getan, als sei der Spaß auch auf seinem Mist gewachsen. Das glaubte ihm aber keiner. Er hat so viel Humor wie ein Pferdeapfel.«

»Gibt's noch mehr über Conradi?«

»Nein, er ist ganz plötzlich abgehauen. Ungefähr gleichzeitig mit der Potthoff. Aber ich habe keinen gefunden, der irgendeine Verbindung zwischen den beiden kannte. Ich glaube nicht, dass die was miteinander hatten. Conradi stand mehr auf Bodenständiges, stramm und rund.«

»Haben die sich gekannt?«

»Na sicher. Müller-Jansen sagt, die haben sich öfter getroffen. Im Institut wohlgemerkt. Tut mir leid, mehr ist nicht.«

Ich nickte.

Wie hätte Holmes gesagt: Elementar, Watson.

Nach dem zweiten Bier stieg ich tugendhaft auf Wasser um, schließlich musste ich noch zurückfahren. Wolli bestellte noch ein viertes Bier und ging dann aus Solidarität zu Apfelschorle über, vielleicht auch auf Rücksicht auf seine Leber.

Wir quatschten über Leute, die wir gekannt hatten, überlegten, was aus ihnen geworden war. Dann kamen wir ins Fachsimpeln, schließlich auf Musik. Früher waren wir in Kneipen ab und zu für zwei Bier und ein Mettbrötchen aufgetreten. Jeder mit seiner Gitarre. Gesungen hatten wir auch. So eine Art Simon and Garfunkel für Arme.

*

Gegen zwölf warf uns der Wirt schließlich raus. Als ich zahlte, stellte ich überrascht fest, dass die Rechnung kaum höher war als vor zwanzig Jahren. Damals allerdings in D-Mark.

Ich bot Wolli an, ihn die zehn Kilometer nach Hause zu fahren – er war mit dem Taxi gekommen –, aber er winkte ab, als er den Käfer sah.

»Stell dich nicht so an. Früher haben wir auch beide da reingepasst.«

Schließlich quetschte er sich in den Käfer.

Wir fuhren über den Kappenberger Damm zurück nach Münster. Dabei sangen wir zuerst das Lied vom Comandante Che Guevara und dann vom italienischen Partisanen, der seiner Bella ciao sagt. – Es ging noch ganz gut.

Ich setzte Wolli in der Nähe vom Aasee ab. Er sagte, er wolle die letzten Schritte laufen. Wir winkten uns zu.

Ich glaube, wir wussten beide, dass man solche Abende nicht mehr allzu oft würde wiederholen können.

15

An dem durch Maßnahmen nach § 81a Absatz 1 erlangten Material dürfen auch molekulargenetische Untersuchungen durchgeführt werden, soweit sie zur Feststellung der Abstammung oder der Tatsache, ob aufgefundenes Spurenmaterial von dem Beschuldigten oder dem Verletzten stammt, erforderlich sind; hierbei darf auch das Geschlecht der Person bestimmt werden. (§ 81e Absatz 1 Satz 1 Strafprozessordnung)

Ein paar Tage später rief Hermann an. Er wollte sich beklagen. Manchmal braucht er das.

Ich lehnte mich zurück.

Irgendeine Botschaft hatte sich beim Ministerium über irgendwas beschwert, und das war schließlich bei ihm gelandet. Jetzt musste er einen Bericht schreiben. Er teilte mir in blumigen Worten mit, was er von Botschaften im Allgemeinen und Berichten im Besonderen hielt, und leitete nahtlos über zur Ungerechtigkeit der Arbeitsverteilung, die ihm jetzt auch noch eine unappetitliche Wasserleiche aus dem Wesel-Datteln-Kanal präsentiert hatte, deren Identität nicht feststand.

An diesem Punkt unterbrach er seine Jeremiade und wurde ernst. »Warte mal, Identifizierung, da hatte ich doch was.« Er raschelte herum. »Die DNA-Analyse der Haare im Auto.«

»Conradi?«, fragte ich.

»Ja klar, wer denn sonst. Warte mal, hier hab ich's. Die Haare stammen alle von derselben Frau, brünett, aufgehellt, aber ein, zwei weiße sind auch dabei. Fällt dir irgendwas dazu ein?«

»Nicht, dass ich wüsste.«

»Hätte mich auch gewundert.«

Dann jammerte er weiter.

Nachdem Hermann aufgelegt hatte, saß ich noch eine Weile mit dem Hörer in der Hand da und starrte das Telefon an. Ich überlegte, ihn noch mal anzurufen. Aber er war wohl kaum in der Stimmung, sich meine abenteuerlichen Spekulationen anzuhören. Ich wusste auch gar nicht, was ich eigentlich genau hätte sagen wollen.

Ich stellte nicht zum ersten Mal fest, wie schwer es ist, ein Bauchgefühl in Worte zu fassen. Andererseits habe ich im Laufe meines Berufslebens gelernt, auf meinen Bauch zu hören – meistens hat der Recht. Das ist so ähnlich wie bei einem alten Autofahrer. Der entwickelt auch einen sechsten Sinn für den Straßenverkehr. Ein alter Richter merkt, wenn an einer Aussage oder einer Geschichte etwas faul ist, auch wenn er es nicht immer gleich in Worte fassen kann. Ich streichelte meinen Bauch und legte langsam den Hörer auf.

16

Die Firma Heckler & Koch hat die Polizeipistole P 2000 entwickelt, die mittlerweile in den Bundesländern Niedersachsen und Baden-Württemberg und NRW beschafft worden ist. Die P 2000 ist in allen Versionstypen V1-V5 wohl die erste Polizeiwaffe, die auf Arbeiten aufbaut, die an einer Polizeihochschule betrieben wurden. (Polizei-Newsletter Nr. 55)

Es war grau und nieselig geworden. Droste-Hülshoff-Wetter. Das Münsterland ließ grüßen. Ich beschloss, nicht mit dem Fahrrad zum Gericht zu fahren, sondern den Käfer zu nehmen. Schließlich soll der nicht verweichlichen, außerdem hat er den ganzen Winter Ruhe.

Tief in Gedanken fuhr ich durch das mittlerweile schon etwas angejahrte Neubaugebiet, in dem unser Häuschen steht, auf die überdimensionierte Durchgangsstraße, die zur Innenstadt führt. Ich dachte an die Frau in Conradis Auto. Kellermanns Beschreibung war ziemlich dünn gewesen – aber trotzdem. Ich hatte keine Ahnung, was ich mit meiner Idee anfangen sollte. Sie kam mir heute Morgen noch abenteuerlicher vor als gestern. Und Hermann konnte ich damit nicht kommen, der würde mich sofort einweisen lassen.

Als ich in die kleine Straße zum Gericht einbog, stand plötzlich ein Streifenwagen vor mir. Ich trat kräftig auf die Bremse und kam rutschend und leicht quer zum Stehen.

Von links sprang eine grün gewandete Gestalt an die Fahrertür und klopfte energisch gegen das Fenster. Ich drehte es herunter.

»Polizeieinsatz, verschwinden Sie.«

So plötzlich aus meinen Gedanken gerissen, machte ich anscheinend keinen besonders intelligenten Eindruck. Mein »Hää« machte die Sache wohl auch nicht besser.

Der hoffnungsvolle Jungpolizist, vielleicht Anfang zwanzig, war wohl zu dem Schluss gekommen, dass ich etwas dämlich sei. Er beugte sich zu mir hinunter. »Hau hier ab, Mann, du störst. Hau ab, oder ich nehm dich fest.«

Einen bestimmten Tonfall kann ich überhaupt nicht leiden, vor allem dann, wenn er von Jungspunden kommt, die gerade den Windeln entwachsen sind und mit ihrer neu gewonnenen Macht noch nicht umgehen können.

Ich brüllte »Halt die Klappe!« zurück und begann, nach meinem Dienstausweis zu suchen.

Er sprang einen Schritt zurück, fummelte an seiner Pistolentasche herum und schrie: »Hände aufs Lenkrad und aussteigen.«

Das mach mir mal vor!

Ich hielt ihm den Dienstausweis durch das offene Fenster entgegen. »Ihr Name und Dienstrang«, bellte ich. Manchmal kann ich ganz schön Furcht erregend sein.

Er kam vorsichtig einen Schritt heran, die Pistole ließ er in Ruhe. Mit spitzen Fingern nahm den Ausweis, als hätte er Angst, der könnte beißen, studierte ihn zweimal und gab ihn mir dann zurück. »Verzeihung«, stotterte er, »ich konnte nicht wissen …«

Wenn er in der Polizeischule aufgepasst hätte, hätte er gewusst, dass ich ihm gar nichts zu sagen hatte. Gewaltenteilung und so. Aber vielleicht kam er ja noch drauf.

»Machen Sie den Weg frei!«, fauchte ihn ihn an.

Er trat schnell einen Schritt zur Seite, und ich hoppelte mit dem Käfer am Streifenwagen vorbei über den Bürgersteig Richtung Amtsgericht.

Auf dem Vorplatz sah es aus wie bei einer Betriebsversammlung der uniformierten Polizei. Wenigstens ein halbes Dutzend Streifenwagen stand kreuz und quer mit leuchtenden Blaulichtern, mittendrin ein VW-Bus mit offenen Schiebetüren. Überall rannten uniformierte Polizistinnen und Polizisten herum, der Weg zum Parkplatz war völlig zugestellt.

Ich stellte den Käfer auf dem penibel gepflegten Rasen des Hausmeisters ab und beruhigte mich selbst damit, dass es sich um einen Notfall handelte. Hier kümmerte sich niemand um mich.

Ich ging zu dem VW-Bus, der direkt vor der Tür des Gerichtes geparkt worden war. Anscheinend tagte hier die Einsatzleitung. An der offenen Tür lehnte Polizeirat Lehmann und brüllte in ein Funkgerät. »Selbstverständlich« hörte ich. »Hubschrauberunterstützung und SEK. Der Täter ist bewaffnet.«

Ich stellte mich neben ihn. »Was ist denn los, Herr Lehmann?«

Er wedelte mit den Händen und wollte mich wegscheuchen, erkannte mich dann aber.

»Geiselnehmer im Amtsgericht.«

»Bitte?«

»Ein bewaffneter Häftling hat sich im Amtsgericht verschanzt. Wahrscheinlich will er Geiseln nehmen.«

»Ach, er hat noch gar keine.«

»Wir sind noch bei der Lagebeurteilung. Wir haben das Amtsgericht sofort evakuiert.«

Ich sah mich um und entdeckte tatsächlich einige bekannte Gesichter hinter der Absperrung. Mittendrin, umringt von aufgeregten Wachtmeistern, auch Siggi, die mir fröhlich zuwinkte.

Auch die Damen und Herren von der Presse waren schon erschienen. Der rasende Reporter des Revolverblattes versuchte sich nach vorne zu drängen; in seinem Kielwasser der Chefredakteur des Glandroper Tagesblattes. Weiter hinten rumpelte ein Übertragungswagen des WDR auf den Bürgersteig.

»Wo ist eigentlich Ihr Direktor?«, fragte Lehmann. »Wir brauchen ihn hier beim Krisenstab.«

»Der ist in Urlaub.«

Unser Direktor hatte vor zwei Wochen endlich dem Drängen seiner Frau nachgegeben und war zum ersten Mal seit drei oder vier Jahren mit ihr in den Urlaub gefahren. Jetzt wanderten die beiden wahrscheinlich irgendwo in den Dolomiten herum, noch wahrscheinlicher saßen sie in irgendeiner Hütte und machten Brotzeit.

»Und der Stellvertreter?«

»Ist krank.«

Bondraszek war zu Hause von der Leiter gefallen, als er eine Glühbirne einschrauben wollte. Seitdem lag er mit gebrochenem Bein im Krankenhaus.

»Irgendjemand muss doch zuständig sein.«

Ich sah mich um. Außer mir war kein Richter in Sicht. Wahrscheinlich hatten die anderen gleich umgedreht oder waren erst auf dem Weg hierher.

Ich zuckte mit den Achseln. »Nächster Vertreter ist der nächst Dienstälteste, und da sonst niemand da ist, bin's wohl ich.«

Lehmann sah bei dieser Nachricht nicht besonders glücklich aus. »Steigen Se ein«, knurrte er durch die Zähne.

Ich kletterte in den Bus und setzte mich. Hinter mir fummelte ein Beamter an mehreren Funkgeräten herum, die abwechselnd quäkten. In der Mitte war ein Tisch heruntergeklappt worden, auf dem ein Computer stand.

Lehmann setzte sich mir gegenüber.

»Was ist denn los?«, fragte ich.

Er guckte gequält. »Kellermann.«

»Bitte?«

»Kellermann.«

»Unser Kellermann?«

»Genau der. Er sollte heute früh bei uns vernommen werden. Ist aus der U-Haft gebracht worden. Und dann ist er aus dem Vernehmungszimmer abgehauen.«

»Ja und? Kellermann ist doch harmlos.«

Lehmann guckte, als hätte er Blähungen. »Er ist bewaffnet.«

»Kellermann? Der weiß doch überhaupt nicht, wie eine Waffe aussieht.«

»Jetzt weiß er's.«

»Wie ist denn das passiert?«

»Er ist einfach aus dem Vernehmungszimmer spaziert, als der Beamte sich einen Kaffee geholt hat. Und im Nebenzimmer lag eine Waffe auf dem Schreibtisch. Die hat Kellermann mitgenommen.«

»Wer macht denn so was? Wer lässt denn seine Waffe offen liegen?«

Lehmann verfiel sichtlich. »Ich.«

Daher also der Großeinsatz. Sein Diensteifer hatte anscheinend einen realen Hintergrund.

»Und was jetzt?«

»Ich hab das SEK angefordert, Hubschrauber. Wir stürmen den Laden.«

»Wieso stürmen? Da drin ist doch nur Kellermann. Hat er sich schon irgendwie gemeldet?« Ich stockte. »Wie kommt der überhaupt hierher? Die Polizeiwache ist doch einen Kilometer entfernt.«

Lehmann rang die Hände. Aber schließlich war ich ja jetzt im Krisenstab. »Als er bei uns durch die Tür spazierte, kam das einem Kollegen komisch vor. Der hat noch gerufen, aber Kellermann ist einfach abgehauen. Der Beamte hinterher. Kellermann hat's hier bis zum Amtsgericht geschafft und ist einfach hinten rein. Der Kollege hat dann Verstärkung geholt, und wir haben erst mal evakuiert. Richter waren zu der Zeit sowieso noch nicht da.« Lehmann grinste süffisant.

Nun ja, eine der großen Freuden im Leben eines Amtsrichters ist die freie Arbeitszeit, und bei uns fängt kaum einer vor neun an.

Ich musste das alles erst mal verdauen. »Das heißt, Kellermann sitzt jetzt da drin mit einer Pistole, und Sie wollen mit einem Panzerbataillon stürmen.«

Lehmann klappte schockiert den Mund auf.

»Verzeihung, mit dem Sondereinsatzkommando. Haben Sie denn schon mit ihm gesprochen?«

»Ich wollt's gerade versuchen, als Sie kamen.«

Lehmann rappelte sich auf, nahm ein Megafon und ging ein paar Schritte Richtung Haupteingang.

»Kellermann«, quäkte es laut, »wir wissen, dass Sie da drin sind. Kommen Sie mit erhobenen Händen raus. Sie haben eine Minute Zeit. Wir werden sonst stürmen.«

Ich blieb im Auto sitzen und versuchte derweil, mir Friedrich Kellermann als blutrünstigen Desperado vorzustellen. Das passte wirklich nicht. Aber wenn er verzweifelt genug war, wenn das SEK wirklich stürmen würde und wenn Kellermann bis dahin herausgefunden hätte, wie eine Waffe funktioniert? Ich war mir ziemlich sicher, dass er vorher noch nie eine in der Hand gehabt hatte.

Ich stieg nun auch aus.

»Herr Lehmann.«

Der sah gerade auf die Uhr, um den Ablauf der Frist zu kontrollieren.

»Herr Lehmann!«

Er drehte sich um. »Was ist?«

»So bringt das nichts. Hat schon jemand versucht, mit ihm in Ruhe zu reden?«

»Wer denn«, blaffte Lehmann zurück. »Ich kann doch keinen meiner Leute da reinschicken.«

Ich holte tief Luft. »Ich kenn den Kellermann. Ich geh da rein und rede mit ihm.«

»Wa?«, machte Lehmann, aber da war ich schon an der Tür und im nächsten Augenblick drinnen.

Ich bin nicht besonders tapfer und schon gar nicht heldenhaft. Ich hab mal versucht, einen Hund aus der Lippe zu retten, bin dabei fast selbst ertrunken. Die Schattenseiten der Tapferkeit sind mir also durchaus bekannt. Aber nach über zwanzig Jahren in meinem Geschäft bilde ich mir ein, meine Kundschaft ganz gut zu kennen. Und Friedrich Kellermann war nun wirklich nicht der Typ des blutrünstigen Gewaltverbrechers, nicht mal mit einer Pistole.

Ich blieb unten im Foyer stehen.

»Herr Kellermann?«

Nichts.

Jetzt wurde mir schon ein bisschen mulmig.

»Herr Kellermann?«

Aus Richtung der Kantine klapperte was. Wahrscheinlich hatte Kellermann sich, der Tradition seiner Einbrüche folgend, zunächst mal was zu essen und zu trinken gesucht.

Ich stieg die Treppe hoch. Dabei überlegte ich, was wohl die Steigerungsform von mulmig sein könnte. Mulmiger klang irgendwie merkwürdig.

Die Kantinentür stand offen. Auf Zehenspitzen schlich ich hinein.

»Herr Kellermann?«

Irgendetwas rumorte hinter dem Tresen.

»Herr Kellermann, komm Se raus. Ich möchte nur mit Ihnen reden.«

Mir fielen nur Klischees ein, wie sie in jedem Krimi vorkommen.

Kellermann kannte die Sprüche aber anscheinend auch. Langsam und vorsichtig tauchte sein Kopf hinter der Kantinentheke auf.

»S-sind S-sie allein?«

»Sehen Sie noch jemanden?«

»K-kann ich d-doch nich w-wissen.«

Ich setzte mich an einen Rauchertisch.

»Komm Se, Herr Kellermann, und bringen Se mir bitte ein Mineralwasser mit.«

Er starrte mich einige Sekunden sprachlos an und blieb weiter hinter der Theke stehen. Schließlich bückte sich zum Kühlschrank und kam mit zwei Gläsern und einer Flasche Mineralwasser zum Tisch. Ich hatte mir mittlerweile ein Zigarillo angesteckt, das brauchte ich wirklich.

Kellermann setzte sich.
»K-kann ich auch rauchen?«
»Sicher.«
Er guckte verlegen.
»H-hab n-nichts dabei.«
Also bot ich ihm ein Zigarillo an, den er selig lächelnd ansteckte.
»Ist g-gut.«
Mittlerweile hatte mein Puls wieder auf Normalbetrieb geschaltet. Ich beugte mich vor. »Herr Kellermann, was ist eigentlich los? Sie sitzen hier drin, die Polizei ist draußen und sagt, Sie hätten eine Pistole. Was ist passiert?«
Er grinste wie Stan Laurel. »Eigentlich g-gar n-nichts. Ich hab g-gedacht, bevor ich wieder in den K-knast gehe, m-mach ich m-mir noch en p-paar schöne T-tage. Und da bin ich d-dann bei d-der Vernehmung abgehauen.«
»Ich hab Ihnen doch gesagt, wegen der neuen Sache in Datteln red ich mit dem Staatsanwalt.«
»G-geht j-ja auch in Ordnung. A-aber die a-alte Sache muss ich d-doch noch absitzen. Und jetzt ist F-frühling.«
Ich erhob die Augen zum Himmel, um von dort eine Erleuchtung zu empfangen.
»Und was ist mit der Pistole?«
»Na, d-die l-lag da rum.«
»Wo?«
»Im N-nebenzimmer. Hab die einf-fach eingesteckt. Hab gedacht, d-dass ich die verk-kloppen kann.«

Das also war der gefährliche Geiselnehmer, der in wenigen Minuten das Sondereinsatzkommando auf den Plan rufen würde.

»Und wo ist die Pistole jetzt?«

»H-hab ich in die K-kassensch-schublade da hinten g-getan. Die w-war so sch-schwer. Und irgendwie hat sie m-mir Angst gemacht.«

Ich sah ihn streng an. »Herr Kellermann, Sie sind ein Blödmann.«

Er guckte treuherzig. »W-weiß ich. Deswegen m-muss ich ja auch immer s-sitzen. Aber doch nich b-bei schönem W-wetter.«

Ich seufzte auf.

»Kommen Sie, rauchen wir noch eine und überlegen, was wir jetzt machen können.«

Wir steckten uns noch einen Zigarillo an. Mir kam plötzlich eine Idee. »Herr Kellermann, ist Ihnen eigentlich noch was eingefallen?«

Er guckte mich verständnislos an. »W-wieso?«

»Wegen der Frau im Auto von Conradi.«

»Ach so, d-das. N-nee.«

»Überlegen Sie doch mal. Können Sie irgendwas über ihr Aussehen sagen? Brille, keine Brille, groß, klein, lange Haare, kurze Haare, irgendwie so was?«

»K-kurze H-haare hat sie gehabt. Son b-bisschen w-wuschelig, a-aber nich richtig.«

Kellermann guckte mich stolz an.

»Aha«, sagte ich zu mir selbst, »kurze Haare.«

Mir fiel auf, dass es draußen erheblich lauter geworden war. In der Nähe kreiste ein Hubschrauber, außerdem waren Kommandos zu hören. Es klang wie auf dem Kasernenhof.

Ich sah vorsichtig durchs Fenster. Vor dem Amtsgericht waren einige Luxuslimousinen älteren Baujahrs aufgefahren, alle dunkelgrau. Daneben stand ein knappes Dutzend menschlicher Wesen, vermummt und schwer bewaffnet. Eines redete auf Lehmann ein, der gestenreich etwas zu erklären versuchte. Das sah gar nicht gut aus.

»Herr Kellermann, wir müssen jetzt da rausgehen, sonst gibt's wirklich Ärger.«

Kellermann linste durchs Fenster und zuckte zurück. »D-die l-legen m-mich u-um.«

»Quatsch, die legen Sie nicht um. Wenn wir da zu zweit rausgehen, passiert überhaupt nichts.«

Kellermann wich zur Wand zurück. »Nee, nee, nee, d-die l-legen m-mich u-um. I-ich g-geh d-da n-nich r-raus.«

»Mensch, Kellermann, was wollen Sie denn machen? Sie können doch nicht hier in der Kantine bleiben. Die kommen hier rein.«

Kellermann zitterte am ganzen Körper und sah zur Kassenschublade hinüber.

»Nee, nee, Kellermann, denken Sie nicht einmal dran. Wenn Sie hier auch noch anfangen rumzuballern, dann wird's ganz finster.«

Er sackte in sich zusammen. »K-kann ich auch gar n-nich. Ich w-weiß gar n-nich, wie son D-ding funktioniert.«

Immerhin etwas.

Draußen quäkte eine megafonverstärkte Stimme: »Kellermann, wir wissen, dass Sie da drin sind. Lassen Sie die Geisel frei und kommen Sie mit erhobenen Händen raus. Wir geben Ihnen fünf Minuten. Wenn Sie in fünf Minuten nicht draußen sind, stürmen wir.«

Das war nicht Lehmann. Offenbar hatte der Häuptling des Einsatzkommandos das Heft in die Hand genommen.

»Mensch, Kellermann, wir müssen da raus. Und zwar sofort.«

Kellermann drückte sich in eine Ecke und schüttelte den Kopf. »Ich w-will da nich r-raus.«

Natürlich hätte ich alleine rausgehen können, dann wäre Kellermann aber alleine dringeblieben. Wer weiß, was dann passieren könnte. Wohl möglich stürmten die, bevor sie mir richtig zugehört hatten. Irgendeine Lösung musste es doch geben. – Ich brauchte Verstärkung.

Mir fiel Matze ein. »Gut, Herr Kellermann. Bleiben Sie jetzt hier, ich rufe jemanden an.«

Ich ging ins Hinterzimmer der Kantine. Dort, wo der Kühlschrank und die Spülmaschine stehen, hängt auch das Telefon. Matzes Nummer kannte ich.

»Rechtsanwälte Bauer und Niedermeier«, meldete sich eine weibliche Stimme.

»Bahnsen hier, Amtsgericht. Geben Sie mir Herrn Bauer. Es eilt sehr.«

Sie fragte nicht herum, sondern leitete das Gespräch prompt weiter.

»Alex?«

»Matze, du musst uns helfen.«

Ich schilderte ihm so schnell und so kurz wie möglich unsere missliche Lage.

Matze antwortete nicht sofort. Er denkt immer sorgfältig nach, bevor er eine Entscheidung trifft. Das geht aber sehr schnell.

»Pass auf, wenn Kellermann einverstanden ist, bin ich ab sofort sein Verteidiger. Ich komm rein und hol euch raus. Wer hat denn das Kommando bei der Polizei?«

»Lehmann steht draußen und jemand vom mobilen Einsatzkommando, den ich nicht kenne.«

»Lehmann.« Matze seufzte tief. »Pass auf! Bleibt, wo ihr seid. Ich ruf Freienfeld an und komm dann sofort.«

Ich legte auf.

Kellermann drückte sich noch immer in die Ecke und klapperte mittlerweile hörbar mit den Zähnen.

»Herr Kellermann.«

Er reagierte nicht.

»Herr Kellermann, hören Sie zu!«

Er schüttelte den Kopf.

»Kellermann, passen Sie auf! Der Rechtsanwalt Bauer holt uns jetzt gleich raus. Der wird Sie verteidigen. Wir bleiben hier oben und warten, bis er da ist.«

Kellermann rutschte auf den Boden. Ich ging vorsichtig an der Wand entlang, so dass ich durchs Fenster schielen konnte.

Die Truppe vom SEK hatte sich in einem Halbkreis hinter ihre Autos verteilt. Lehmann und der SEK-Chef standen zusammen und sahen gerade gleichzeitig auf die Uhr. Dann kam einer der Beamten aus dem Bulli und sagte etwas zu Lehmann. Der sah erstaunt auf, drehte sich um – und siehe, es nahte Martin Bauer. Angetan im feinsten Anwaltszwirn, eine schwarze Diplomatentasche in der Hand, kam er gemessenen Schrittes auf Lehmann zu. Von der anderen Seite sauste ein Streifenwagen heran und parkte hinter dem Bulli. Freienfeld stieg aus.

Freienfeld ist der zweite Mann bei der Glandroper Polizei, ein intelligenter, ruhiger Vertreter, der schon mehr als einmal Konflikte entschärfen konnte, die Lehmanns Dusseligkeit heraufbeschworen hatte. Freienfeld nickte Matze kurz zu, der vor Lehmann stehen blieb und ihm etwas erklärte. Lehmann begann wild zu gestikulieren, schüttelte den Kopf, aber Matze scherte sich nicht drum, sondern ging zielstrebig zum Eingang des Amtsgerichtes. Lehmann rief ihm irgendetwas hinterher. Freienfeld packte Lehmann aber am Arm, zog ihn zur Seite und redete auf ihn ein.

Mittlerweile war Matze unten im Foyer angekommen. »Alex, hörst du mich?«

»Klar«, rief ich, »wir kommen runter.«

Kellermann hatte sich in seiner Ecke zusammengerollt und versteckte sein Gesicht hinter den Händen.

»Los, Herr Kellermann. Sie haben einen Anwalt zur Verstärkung. Zu dritt gehen wir jetzt raus.«

Kellermann wollte immer noch nicht, aber ich zog ihn hoch und schleppte ihn hinter mir her die Treppe hinunter.

Matze wartete in der Eingangshalle und hatte eine Anwaltsvollmacht herausgezogen. Die hielt er Kellermann vor die Nase.

»Herr Kellermann, wenn Sie wollen, dass ich Sie verteidige, unterschreiben Sie das hier. Dann bring ich Sie raus, ohne dass was passiert.«

Kellermann sah unschlüssig von einem zum anderen. »A-aber ich h-hab doch k-keine K-knete.«

»Das geht als Pflichtverteidigung«, sagte Matze bestimmt.

Kellermann ergab sich in sein Schicksal und unterschrieb.

»So, wie machen wir's?« Matze sah mich an.

Ich überlegte einen Augenblick. »Ich geh da raus, mich kennen die. Ich sag denen Bescheid, dass ihr beiden sofort hinter mir seid und dass Kellermann sich stellt.«

Matze nickte. »Na dann los.«

Es ist ein ziemlich komisches Gefühl, wenn man eine Tür öffnet und in ein Dutzend Gewehre guckt, alle im Anschlag. Ich orientierte mich und ging auf Lehmann zu. Die Gewehre folgten mir.

»Herr Lehmann, können Sie bitte veranlassen, dass die Typen da aufhören, auf mich zu zielen?«

Lehmann erwachte aus seiner Starre. Er wedelte mit den Händen. »Alles in Ordnung, das ist der Richter.«

Die Gewehre wurden gesenkt, und der Chef des Einsatzkommandos guckte etwas enttäuscht.

Ich ignorierte ihn und ging auf Lehmann zu. »Herr Lehmann, Kellermann wird sich jetzt sofort stellen. Er kommt in Begleitung seines Verteidigers heraus. Würden Sie bitte dafür sorgen, dass die Presse etwas zurückbleibt!«

Lehmann wollte widersprechen, aber Freienfeld kam ihm zuvor. »Geht in Ordnung.«

Freienfeld sagte etwas zu den Beamten, die hinter ihm standen. Die gingen auf die Pressemeute zu, die sich durch die Absperrung gedrängelt hatte, voran der Chefredakteur des Glandroper Tageblattes und der Photograph des Revolverblattes.

Nachdem die Ordnung wieder hergestellt worden war, winkte Freienfeld. »Okay, die beiden kommen jetzt und gehen direkt zum Bulli.«

Ich drehte mich um und rief: »Ihr könnt rauskommen.«

Die Tür ging auf, und Matze erschien. Halb trug und halb zog er Kellermann, der der Sache anscheinend immer noch nicht traute.

Die Gewehre wurden wieder gehoben, auf eine ungeduldige Geste des SEK-Chefs aber zögernd wieder gesenkt.

Matze zog Kellermann zum Bulli und schob ihn hinein. »So, Herr Lehmann. Ich darf Ihnen hier die Vollmacht übergeben. Ich gehe davon aus, dass ich heute noch mit meinem Mandanten sprechen kann und wäre Ihnen dankbar, wenn Sie meiner Kanzlei telefonisch Bescheid geben würden.« Matze drehte sich zu mir um, »Herr Bahnsen, wir hören voneinander«, und marschierte davon.

Lehmann war platt, während Freienfeld von einem Ohr zum anderen grinste. »Nicht schlecht die Vorstellung«, meinte er.

Lehmann sah mich böse an. »Wir beide sprechen uns noch.« Dann kletterte er in den Bulli und warf die Tür zu.

17

Wer mit Gewalt gegen eine Person oder unter Anwendung von Drohungen mit gegenwärtiger Gefahr für Leib oder Leben eine fremde bewegliche Sache einem anderen in der Absicht wegnimmt, die Sache sich oder einem Dritten rechtswidrig zuzueigen, wird mit Freiheitsstrafe nicht unter einem Jahr bestraft. Auf Freiheitsstrafe nicht unter drei Jahren ist zu erkennen, wenn 1. der Täter oder ein anderer Beteiligter am Raub a. eine Waffe oder ein anderes gefährliches Werkzeug bei sich führt. (§§ 249 Absatz 1, 250 Absatz 1 Nr. 1a Strafgesetzbuch; Raub)

In Glandrop gibt es alle zwei Jahre ein großes Sommerfest, das die Stadtverwaltung, das Straßenverkehrsamt, das Finanzamt, die Polizei und natürlich auch das Amtsgericht gemeinsam ausrichten. Irgendjemand hatte sich das ausgedacht und gehofft, dadurch würde die Motivation der Mitarbeiter zur Zusammenarbeit angehoben. Angehoben wurde aber wohl eher die Geburtenrate. Zumindest behaupten böse Zungen, dass immer neun Monate nach dem Sommerfest ein Babyboom über Glandrop hereinbricht.

Das Fest findet immer Ende Mai, Anfang Juni statt, bisher stets bei der Stadtverwaltung. Nachdem aber vor zwei Jahren die nächtliche Polonaise zu erheblichem Flurschaden im Gesundheitsamt geführt hatte, war dieses Mal das Stadion des TUS Glandrop 07 als Veranstaltungsort ausersehen worden, um die öffentlichen Kassen nicht mit den Folgen von Verwüstungen zu belasten.

Eigentlich ist diese Art von Festen nicht meine Sache. Am Anfang ist alles immer furchtbar steif. Die, die sich kennen, sitzen zusammen und klönen über dieselben Sachen, über die sie sich auch sonst in der Mittagspause unterhalten. Später artet es meist in ein ungebremstes Besäufnis mit anschließender Schlägerei aus.

Außerdem hatte sich das Glandroper Tageblatt in den letzten Tagen in Andeutungen über den »tapferen Amtsrichter« ergangen, der eine »kritische Situation durch sein besonnenes Eingreifen« entschärft hätte. Die Frotzeleien der Kollegen hatte ich über mich ergehen lassen, auf Kommentare der Polizei war ich allerdings nicht scharf.

Erst als Claudia mich einen Feigling und Drückeberger nannte und damit drohte, am Abend des Festes ihre Mutter einzuladen, gab ich nach, nahm mein Fahrrad und fuhr hin.

*

Im Innenraum des Stadions tobte bereits das Leben. Auf dem Rasen war eine Torwand aufgebaut worden, und mehrere Kombattanten droschen die Bälle in alle Himmelsrichtungen. Zwischen Bierständen und Würstchenbuden wurden diverse Tischtennisduelle ausgefochten, und in einem windschiefen Zelt residierte offensichtlich eine Wahrsagerin. An einem offenen Stand versuchten einige ekstatisch kreischende Damen Ringe über rachitisch aussehende Teddybären zu werfen. Daneben boten verschämt lächelnde Krankenschwestern Requisiten aus dem Fundus des Städtischen Krankenhauses feil, von denen einige verdächtig nach Bettpfannen aussahen.

Im Häuschen am Eingang des Stadions, in dem sonst die Eintrittskarten für die Spiele der Bezirksliga an den Mann gebracht werden, kaufte ich vom streng blickenden Leiter des Ordnungsamtes meine »Verzehrkarten« und machte mich dann auf die Suche nach Bekannten. Neben einem Würstchenstand fand ich Kollege Sedlarczek. Der vertilgte eine Bratwurst und teilte gleichzeitig dem wehrlosen Anwalt Arnold Arens mit, was er von dessen familienrechtlichen Kenntnissen hielt.

Arens suchte fluchtartig das Weite, als ich mich neben Sedlarczek setzte.

»Kannst du den armen Kerl nicht wenigstens hier in Ruhe lassen?«

Sedlarczek grinste durch seine Bratwurst. »Warum? Erstens kann er immer noch was lernen, und zweitens bin ich hier, um mich zu amüsieren.«

Da war was dran.

Ich holte uns ein Bier.

Sedlarczek kaute an dem letzten Stück Bratwurst. »Was war das mit dem tapferen Amtsrichter?«

»Dummes Zeug. Kennst du Kellermann?«

Er wischte sich einen Senfrest von den Lippen. »Schon gehört. Son kleiner Stotterer.«

Ich nickte. »Lehmann, das Gamuffel, war der Meinung, Kellermann sei so eine Art Staatsfeind Nummer eins und wolle ihn mit dem Sondereinsatzkommando aus dem Amtsgericht rausholen. Kellermann ist doch harmlos.«

»Aha«, erwiderte Sedlarczek, »passt zu Lehmann. Also bist du doch kein Held.«

»Gott bewahre.«

Wir prosteten einander zu. Dann bummelten wir angelegentlich zur Torwand und entschlossen uns, unser Können mit einer Horde von Nachwuchsfinanzbeamten zu messen. Wir hielten uns wacker, mussten aber letztendlich doch eine Runde ausgeben.

Inzwischen war es dämmrig geworden; das Stadion war ziemlich voll und die Stimmung auf dem aufsteigenden Ast.

Irgendein optimistischer Mitarbeiter des Kulturdezernates hatte versucht, durch eine fantasiereiche Dekoration das Flair einer italienischen Nacht heraufzubeschwören. Das Ergebnis war aber eher düster, zumal einige der bunten Birnen bereits den Dienst verweigerten.

Vor dem linken Tor hatten unsere Wachtmeister an einem Tapetentisch einen Wettkampf im Mannschaftsarmdrücken gegen das Straßenverkehrsamt begonnen. Nach dem Gebrüll zu urteilen, das herübertönte, mit Erfolg. Wachtmeister sind grundsätzlich eine freundliche und liebenswürdige Spezies;

wenn sie auf Betriebsfesten allerdings von der Leine und zur Bierquelle gelassen werden, sollte man sie mit Vorsicht genießen.

Sedlarczek und ich machten also einen Bogen um das ländliche Treiben und landeten vor dem Wahrsagerzelt.

»Wollen wir?«, fragte ich.

Er schüttelte den Kopf. »Du zuerst.«

Drinnen war's schummrig duster, und es roch stark nach indischen Räucherstäbchen. Diesen Geruch hatte ich seit Studententagen nicht mehr in der Nase gehabt, damals allerdings oft unterlegt mit süßeren Cannabisdüften.

Ich tastete mich zu einem Tisch vor, hinter dem eine eindrucksvolle Erscheinung thronte. Schwarz umrandete Augen, spitzer Hut, bleich geschminktes Gesicht. Ich musste zweimal hingucken, bevor ich Elisabeth Bamminger erkannte.

»Du als Wahrsagerin? Widerspricht das nicht deinen weltanschaulichen Prinzipien?«

Elisabeth musterte mich durchdringend. »Von wegen! Einmal Wahrsagen kostet fünf Euro, und die gehen an den World Wildlife Found.«

»Wenn's denn für eine gute Sache ist.« Ich legte fünf Euro auf den Tisch.

Ihre Stimme erhob sich in einen schrillen Singsang, der mich zusammenzucken ließ: »Sehen Sie mir in die Augen, lassen Sie ihre Gedanken schweifen, halten Sie sie nicht fest. Ich sehe … sehe Ihre Zukunft. – Du wirst Ärger kriegen.«

Ich brauchte ein paar Sekunden, bis ich merkte, dass sie ihre Vorstellung unterbrochen hatte.

»Wieso?«

»Der Lehmann läuft hier rum und erzählt aller Welt, dass du rausgeschmissen wirst.«

Ich zuckte mit den Achseln.

»Nein, ernsthaft. Der ist stinksauer und schon ziemlich besoffen. Du musst ihm fürchterlich auf die Füße getreten haben.«

Ich knurrte ärgerlich. »Der Nachtwächter hätte beinahe den Dritten Weltkrieg ausgelöst. Bloß, um einen harmlosen kleinen Kriminellen aus dem Amtsgericht zu holen, der sich vor Angst sowieso schon fast in die Hosen gemacht hat.«

Sie wiegte nachdenklich ihr Haupt. »Mag sein, aber anscheinend ist dein Auftritt vor seinen Leuten nicht so gut angekommen.«

»Seine Sache. Was ist jetzt mit der Wahrsagerei?«

Sie schüttelte den Kopf. »Hab jetzt keine Lust mehr. Außerdem hast du schon gezahlt. Sieh zu, dass du dem Lehmann nicht in die Finger gerätst.«

Ich murmelte etwas von Ausbeutung Widerstandsunfähiger und Betrug. Die fünf Euro behielt sie aber trotzdem.

Draußen wartete Sedlarczek. »Na«, fragte er neugierig.

»Rate mal, wer da drinnen ist.«

»Keine Ahnung, woher soll ich das denn wissen.«

»Elisabeth.«

Er bekam runde Augen. »Die sagt wahr?«

»Nur im Dienst der guten Sache. Alles für den WWF.«

»Und, was hat sie dir erzählt?«

»Nichts, was ich nicht schon gewusst hätte. Sie meint, ich würde ganz schwer Ärger mit Lehmann kriegen.«

Sedlarczek strich sich über die Nase. »Da wird sie schon Recht haben.« Er sah mich ernst an. »Hast du dir eigentlich mal überlegt, was du dem armen Kerl angetan hast?«

»Wieso, ich hatte doch Recht.«

»Klar hattest du Recht. Recht zu haben gehört zu unserem Beruf. Aber man kann so Recht haben oder auch anders. Du hast ihn ganz schön vorgeführt. Die halbe Stadt lacht über ihn. Stell dir mal vor, wie weh das tut, gerade vor seinen eigenen Leuten.«

Von der Seite hatte ich die Sache noch gar nicht betrachtet. Als ich ins Amtsgericht marschiert war, hatte ich nur daran gedacht, die Geschichte so schnell wie möglich zu beenden. Eigentlich waren mir Lehmanns Gefühle auch ziemlich egal gewesen.

»Na ja«, sagte Sedlarczek, »du wirst schon damit klarkommen. Mit deinen sonstigen Fehlentscheidungen kommst du ja auch klar. Ich geh jetzt zu Elisabeth und lass mir die Zukunft voraussagen. Was machst du?«

»Ich such mir noch en Bier.«

»Ist in Ordnung, vielleicht treffen wir uns noch. Sonst bis die Tage.« Damit verschwand er in der duftgeschwängerten Finsternis des Wahrsagerzeltes.

Neben dem Bierstand lief ich Lehmann in die Arme. Ich sah ihn so spät, dass ich nicht mehr ausweichen konnte. Also fügte ich mich in mein Schicksal.

Sein Schlips hing auf Halbmast, sein Jackett lag über einer Bank. Er war schon ziemlich hinüber. Als er mich sah, verzog er seine Lippen wie ein gotischer Wasserspeier. »Ach, der tapfere Amtsrichter, der es der Polizei mal so richtig gezeigt hat.«

»Herr Lehmann, hören Sie auf. Die Sache ist doch vorbei.«

»Vorbei? Das glauben nur Sie! Ich werd seit Tagen ausgelacht.« Er schob das Kinn vor. »Sie haben mich in die Pfanne gehauen.«

»Herr Lehmann!« Ich beugte mich zu ihm. »Wir beide haben doch da ein kleines gemeinsames Geheimnis.«

Er kicherte albern. »Ach, Sie meinen Ihre Befragung neulich, bei uns im Keller?« Er schüttelte den Kopf und wackelte neckisch mit seinem Zeigefinger vor meiner Nase herum. »Ich werd gar nichts machen, ich werd gar nichts sagen. Der Chef vom SEK hat sich beschwert, direkt beim Minister. Und ich denke nicht, dass Sie irgendwas darüber erzählen werden, dass ich Sie abends zu dem Kellermann gelassen habe. Zum Kellermann im Keller, Mann.«
Er drehte sich halb weg von mir, schwankte noch einmal zurück, schob sein Gesicht bis direkt vor meine Nase und rülpste. »Leck mich am Arsch.« Dann wankte er davon.

Das klang nun gar nicht so gut.

Eigentlich konnte es mir egal sein. Rausschmeißen konnte mich niemand, aber wenn das SEK sich beim Minister beschwerte, würde es ein offizielles Verfahren geben. Na ja, ich würde es überleben. Die Beförderungsstelle wäre natürlich futsch. Aber so wichtig war mir die auch nicht gewesen. Sagte ich mir jedenfalls selbst.

Ich sah mich um. Anscheinend hatte niemand unser kleines Gespräch bemerkt. Die Stimmung schwappte alkoholbedingt dem Höhepunkt entgegen, die ersten Verbrüderungen und Verschwesterungen waren nicht mehr zu übersehen und zu überhören. Irgendwie hatte ich jetzt überhaupt keine Lust mehr. Ich wollte nach Hause.

Ich suchte mein Fahrrad und machte mich auf den Heimweg.

*

Tief in Gedanken versunken, radelte ich am Einkaufszentrum vorbei.

Ich war wütend, in erster Linie auf mich selbst. Warum, wusste ich allerdings nicht so genau. Was hätte ich tun sollen? Mit Lehmann diskutieren? Der hätte doch sowieso nicht mit sich reden lassen – oder vielleicht doch?

Plötzlich bekam ich einen heftigen Schlag ins Kreuz, flog aus dem Sattel und knallte schmerzhaft auf den Asphalt. Mein Fahrrad rollte noch ein paar Meter weiter und fiel dann klappernd um.

Fluchend versuchte ich mich aufzurappeln und blickte in die Gesichter von drei jungen Männern, die mich grinsend umringten.

»Na, Alter«, meinte einer, der seine Kapuze tief ins Gesicht gezogen hatte, »so spät noch unterwegs?«

Scheiße! Da verurteile ich seit Jahren Räuber und Diebe, aber persönlich habe ich noch keinen bei dessen Berufsausübung getroffen. Was sagt die Polizei in solchen Fällen? Bloß keinen Widerstand leisten, Geld rausrücken – aber dazu war ich zu wütend.

»Verpiss dich, du Würstchen!«, knurrte ich und versuchte mich wieder aufzurichten.

Der Kapuzenmann stieß mich mit dem Fuß zurück und lachte hässlich. »Ach, willst du Stress machen?«. Dabei fuchtelte er mir mit einem Butterflymesser vor der Nase herum.

Die Polizei hatte vielleicht doch Recht.

Die beiden Kollegen des hoffnungsvollen Nachwuchsräubers hatten sich bisher im Hintergrund gehalten. Jetzt trat einer vor und hielt ihm den Arm fest. »Ey, lass den doch.«

Die Stimme kannte ich. Ich sah genauer hin. Der Typ, den ich neulich vor dem Handyladen neben Conradis Büro gesehen hatte.

Der Messerwedler schüttelte die Hand ab. »Quatsch, den mach ich fertig.«

Der Typ vom Handyladen packte ihn fester. »Lass ihn. Der alte Sack hat doch sowieso nichts. Den kenne ich. Siehste doch, der fährt mit nem uralten Fahrrad. Komm, wir hauen ab.«

Der andere guckte unschlüssig. »Meinst du wirklich, der hat nix?«

»Klar, guck dir doch den Penner an!«

Der Kapuzenmann klappte sein Messer elegant ein und stieß mich noch mal mit dem Fuß zurück. »Lass dich hier nicht mehr sehen!«, kläffte er und drehte sich um.

Mein Bekannter sah mich kurz an und nickte mir zu. Dann sagte er leise: »Wenn wir uns das nächste Mal treffen, denken Sie dran« und verschwand ebenfalls.

Verdattert blieb ich eine Zeitlang sitzen und rieb mir das Knie. Meine Hose hatte ein schönes Loch. Dann raffte ich mich auf, schnappte mein Fahrrad und machte, dass ich nach Hause kam.

18

Das Kraftfahrtbundesamt erfasst in einem Register (Verkehrszentralregister) 1. folgende Entscheidungen der Verwaltungsbehörden: a. rechtskräftige Entscheidungen wegen einer Ordnungswidrigkeit nach § 24 oder § 24a des Straßenverkehrsgesetzes, wenn gegen den Betroffenen eine Geldbuße von wenigstens 40 € festgesetzt worden … ist. (§ 13 Absatz 1 Nr. 1a Straßenverkehrszulassungsordnung)

Das Knie tat am nächsten Morgen immer noch weh.

Ich hatte Claudia nichts von meiner Begegnung erzählt, sie hätte sich höchstens aufgeregt. Als sie die kaputte Hose sah, musste ich mir anhören, dass ich gefälligst nicht so viel Bier trinken solle.

Ich flüchtete ins Büro.

Die Sache mit Lehmann lag mir immer noch im Magen. Aber eigentlich hatte ich doch nichts falsch gemacht. Woher dann auf einmal das schlechte Gewissen?

Um mich selbst zu beruhigen, rief ich Freienfeld an, den stellvertretenden Polizeichef. Am Abend auf dem Behördenfest hatte ich ihn nicht gesehen. Er hatte wohl Bereitschaftsdienst gehabt. Nachdem wir über Gott, die Welt und das Wetter geplaudert hatten, riss ich mich zusammen und kam zur Sache.

»Herr Freienfeld, ich habe gehört, dass Lehmann wegen der Geschichte im Amtsgericht ziemlich angefressen ist. Ist da was dran?«

Er gluckste. »Klar, ist da was dran. Sie wissen doch, dass er hier einen schweren Stand hat. Einige haben nur darauf gewartet, dass ihm irgendwas Dusseliges passiert, um ihn richtig durch den Kakao zu ziehen. Da kamen Sie gerade recht.«

Ich schluckte das.

»Aber das war doch nichts Persönliches.«

»Sind Sie sicher? Hätten Sie das auch bei mir gemacht?«

»Blödsinn, Sie wären doch gar nicht auf so eine doofe Idee gekommen.«

Freienfeld kicherte. »Stimmt, aber trotzdem ... Sie kennen das doch. Mancher eignet sich als Opfer.«

Das half mir auch nicht weiter.

»Meinen Sie, ich sollte mal mit Lehmann sprechen?«

»Bloß nicht!«, rief Freienfeld. »Der ist jetzt so sauer, der will seine Rache. Ich denke, da müssen Sie jetzt durch. – Aber warten Sie mal, was anderes. Sie kannten doch den Conradi.«

Ich war ziemlich verblüfft über den plötzlichen Themenwechsel.

»Ja, sicher.«

»Ist schon komisch«, meinte Freienfeld, »der hatte jede Menge Punkte in Flensburg, und jetzt habe ich hier gerade ein Foto auf den Tisch gekriegt von einem Blitzer. Da ist er wieder mal zu schnell gefahren. Der Führerschein wäre jetzt weg gewesen. Aber …«, er kicherte wieder, »den braucht er jetzt sowieso nicht mehr.«

Ich wurde hellhörig. »Von einem Blitzer? Was ist denn drauf?«

Freienfeld raschelte herum. »Na, seine alte Karre und er und irgendjemand neben ihm. Das Gesicht kann man nicht sehen, die Sonnenblende ist runtergeklappt. Eigentlich komisch, war ja mitten in der Nacht.«

Ich versuchte, ganz ruhig zu klingen: »Was für ein Auto ist das denn?«

»Na, seine alte Karre, die kannte doch jeder.«

Ich überlegte fieberhaft. »Können Sie mir das Foto rüberschicken? Wegen des Autos, meine ich. Sie wissen doch, ich steh auf so was.«

Durch das Telefon hörte ich, wie bei Freienfeld eine Tür aufging und jemand seinen Namen rief. »Ich komm gleich«, antwortete er. Dann wieder ins Telefon: »Ja, ja, kann ich machen. Und mit dem Lehmann, das lassen Sie mal schön.« Dann legte er auf.

Eine Stunde später brachte mir Wachtmeister Esters einen großen braunen Umschlag ins Büro. Ich wartete, bis er weg war, bevor ich mir den Inhalt ansah: ein körniges Schwarz-Weiß-Foto von Conradis Aston Martin. Er am Steuer, auf dem Beifahrersitz – irgendjemand. Das Gesicht nicht zu erkennen, aber der Kleidung nach – vielleicht eine Frau. Komisch, dass die Sonnenblende runtergeklappt war. Ich sah auf Uhrzeit: 23:48 Uhr, Datum: die Nacht, in der Conradi gestorben war.

*

Zu Hause zeigte ich Claudia das Foto. »Guck mal, was ich noch bekommen habe. Ein letztes Bild von Conradi. Kannst du erkennen, wer daneben sitzt?«

Meine Frau war gerade dabei, Zentas Futter fertig zu machen. Unser Hund tanzte laut fiepend um sie herum. Nach einem kurzen Blick auf das Foto meinte Claudia: »Sieht man doch nix. Scheint ne Frau zu sein. Sieht aus wie ein Chanelkostüm.« Dann stellte sie den Napf auf den Boden, und Zenta stürzte sich gierig auf ihr Futter.

»Ist was Besonderes damit?«, fragte Claudia.

»Nö«, antwortete ich, »nur ein bisschen makaber. Das ist ein Foto von einem Blitzer, kurz bevor Conradi starb.«

Claudia warf die leere Futterdose in den Mülleimer. »Das schadet ihm jetzt auch nichts mehr.«

19

Ein Richter auf Lebenszeit ... kann ohne seine schriftliche Zustimmung nur
1. im Verfahren über die Richteranklage (...),
2. im förmlichen Disziplinarverfahren,
3. im Interesse der Rechtspflege (...),
4. bei Veränderung der Gerichtsorganisation
in ein anderes Amt versetzt oder seines Amtes enthoben werden. Die Versetzung oder Amtsenthebung kann – außer im Fall des Absatzes 1 Nr. 4 – nur aufgrund rechtskräftiger richterlicher Entscheidung ausgesprochen werden. (§ 30 Absatz 1 und 2 Deutsches Richtergesetz)

Ich saß wieder im Vorzimmer der Präsidentin. Diesmal war ich von Frau Berendong, dem zuständigen Vorzimmerdrachen, herbeizitiert worden. Ohne Terminabsprache und ein bisschen plötzlich bitte.

Ich labte mich an Frau Berendong, die jeden – unabhängig von Stand, Religion oder Farbe – gleichermaßen schlecht behandelte.

Nach zehn Minuten klingelte ihr Telefon. Sie hörte kurz zu, legte auf und sagte giftig: »Sie können jetzt rein.«

Als ich eintrat, erwartete mich Frau Dr. Potthoff erwartete hinter ihrem Schreibtisch. Diesmal kein Gespräch am Konferenztisch. Eine sparsame Handbewegung, ich möge Platz nehmen.

»Herr Bahnsen, Sie wissen, warum ich Sie hergebeten habe?«

»Leider nicht.« Ich hatte beschlossen, mich dumm zu stellen.

Sie zog einen Ordner und eine dicke zerfledderte Akte zu sich heran. »Ich habe hier eine förmliche Beschwerde des Innenministers an den Justizminister über Ihr Verhalten anlässlich der Geiselnahme im Amtsgericht.«

»Geiselnahme? Welche Geiselnahme?«

Sie ließ sich nicht ablenken. »Anscheinend haben Sie die Arbeit der Polizei behindert und eine äußerst gefährliche Situation heraufbeschworen. Der Präsident des Oberlandesgerichtes hat mich beauftragt, ein Disziplinarverfahren gegen Sie einzuleiten und Sie zu den Vorwürfen anzuhören.« Sie sah mich kühl an. »Sie wissen selbstverständlich, dass Sie sich selbst nicht zu belasten brauchen. Sie sind schließlich Strafrichter.«

Langsam wurde ich wütend. »Ich weiß nicht, welche Informationen Sie haben, aber erstens gab's keine Geiselnahme, zweitens habe ich mich nicht in die Arbeit der Polizei eingemischt und außerdem …«

Ich schaute ihr in die Augen.

»… war ich Mitglied des Krisenstabes.«

»Krisenstab?«

»Polizeidirektor Lehmann hatte mich als dienstältesten Richter vor Ort in den Krisenstab gebeten, und da ich den Täter persönlich gut kenne, dienstlich versteht sich, habe ich zur Gefahrenabwehr gehandelt.«

Sie lächelte leicht. »Nicht schlecht.«

Ich war immer wieder fasziniert, wie diese Frau Gesicht und Haltung ändern konnte. Wahrscheinlich jahrelange Übung auf der Karriereleiter. Jetzt schaltete sie auf verständnisvolle Kollegin um.

»Ich denke, auf der Basis können wir die Sache entschärfen. Es hätte mir auch leidgetan. Sie wissen, da gibt es immer noch diese Beförderungsstelle.«

Ich staunte.

»Ich habe hier Ihre Personalakte.«

Sie griff zu dem zerfledderten Aktenstück und wollte es zu sich heranziehen. Plötzlich zuckte sie zusammen.

»Aua.«

Indigniert betrachtete sie ihren Finger, auf dem sich ein roter Blutstropfen bildete, und steckte ihn instinktiv in den Mund. Dann fiel ihr wohl ein, dass ich auch noch da war. Voller Abscheu starrte sie das Corpus Delicti an. Sie hatte sich den an einer Krampe geschnitten.

Seit undenklichen Zeiten werden Laufzettel auf Akten festgetackert, ebenso lange kümmert sich niemand darum, die Krampen zu entfernen, wenn die Laufzettel abgerissen werden. Auf diese Art und Weise verletzt sich jeder Richter im Durchschnitt wenigstens einmal im Jahr an einer dieser Krampen. Warum wir die Dinger allerdings nicht selbst entfernen, habe ich noch nicht herausgefunden.

Die Präsidentin stand auf, entschuldigte sich kurz und ging ins Vorzimmer.

Als sie eine halbe Minute später mit einem Pflaster um den Finger zurückkam, wurde ich mit einem flüchtigen Händedruck entlassen. »Ich werden dem OLG berichten. Ich denke, so können wir die Sache entschärfen.«

Jetzt war sie wieder ganz professionelle Führungskraft.

Die Krampe, an der sie sich geschnitten hatte, steckte, eingewickelt in mein Taschentuch, in meiner Hosentasche.

20

Bei jedem Gericht soll eine Staatsanwaltschaft bestehen. (§ 141 Gerichtsverfassungsgesetz)

Das Gebäude der Staatsanwaltschaft liegt direkt neben dem Landgericht.

Hermann war nicht da, eine Zimmernachbarin erkannte mich aber und schloss mir sein Büro auf.

Ich ließ die Krampe vorsichtig in einen Briefumschlag gleiten, klebte ihn zu und legte ihn auf Hermanns Schreibtisch, daneben einen Zettel: »Lass das untersuchen.«

Dann fuhr ich zurück.

Prozessual war es mehr als anfechtbar, was ich da gemacht hatte. Andererseits, eine solche Chance konnte ich nicht sausen lassen. Und wahrscheinlich würde ja sowieso nichts dabei rauskommen.

*

Am nächsten Abend rief Hermann an. Er fragte sofort: »Woher hast du das?«

Ich hatte lange drüber nachgedacht, was ich auf diese Frage antworten würde.

»Sagen wir mal so. Wenn was dran ist, werde ich's dir so schnell wie möglich sagen. Wenn nichts dran ist, ist es auch egal.«

Hermann zögerte einen Augenblick. Dann sagte er: »Es passt.«

»Seid ihr sicher?«

»So sicher, wie man sein kann. Der Schweiß am Lenkrad und ein paar Haare; es ist dieselbe DNA wie auf deiner Krampe. Und jetzt sag mir, wer's war.«

»Hermann, wir kennen uns schon ne Weile. Gib mir Zeit bis morgen. Ich ruf dich morgen Abend an, spätestens.«

Bevor er widersprechen konnte, legte ich auf.

21

Die Rechtswissenschaftliche Fakultät verleiht den Grad eines Doktors der Rechte (Dr. jur.). Die Gutachterinnen/Gutachter beantragen und begründen Annahme oder Ablehnung der Dissertation. Zugleich schlagen sie eine Note für die Dissertation vor.
Dabei gilt folgende Bewertung:

summa cum laude = ausgezeichnet
magna cum laude = sehr gut
cum laude = gut
rite = bestanden

Der Doktorgrad ist durch Beschluß des Fachbereichsrates zu entziehen, wenn bekannt wird, daß er durch Täuschung erworben wurde oder daß wesentliche Voraussetzungen für die Verleihung irrtümlich angenommen worden sind. (§§ 1 Absatz 1,9 Absatz 2 und 17 Absatz 1 der Promotionsordnung der Rechtswissenschaftlichen Fakultät der Westfälischen Wilhelms-Universität Münster vom 26.4.1996)

Ich wartete bis gegen fünf, bevor ich die Präsidentin anrief. Sie war sofort am Telefon.

»Potthoff.«

»Bahnsen hier, wir müssen noch mal miteinander sprechen.«

»Ich wüsste nicht, worüber wir zur Zeit noch sprechen sollten. Ich kann Ihnen nichts Näheres sagen, und ich muss ganz ehrlich gestehen, ich bin etwas überrascht, schon wieder von Ihnen zu hören. Seit gestern hat sich nichts Neues ergeben.«

Ich holte zweimal tief Luft.

»Es geht um Ihre Doktorarbeit.«

Nach längerer Pause: »Wann und wo?«

Ich schlug einen Biergarten im Norden der Stadt vor.

Sie räusperte sich. »In einer Stunde.«

Als ich ihr den Weg beschreiben wollte, sagte sie nur »Ich finde hin« und legte auf.

*

Ich kam etwas vor der Zeit an, weil ich wider Erwarten sofort einen Parkplatz gefunden hatte. Sie erwartete mich bereits. Es war ziemlich kühl, wir waren fast alleine. Sie saß hinter einer großen Schorle und sah mir ruhig und abwartend entgegen.

»Guten Abend, Frau Dr. Potthoff.«

Ich gab ihr die Hand.

»Guten Abend, Herr Bahnsen. Nehmen Sie Platz.«

Die Kellnerin erschien. Ich beschloss, ebenfalls nichts Alkoholisches zu trinken, und bestellte ein Wasser. Es kam sofort.

Wir warteten, bis die Kellnerin gegangen war.

Die Präsidentin nippte an ihrer Schorle und stellte das Glas sorgfältig mitten auf den Bierdeckel.

»Sie wollten mich sprechen. Worum geht's?«

Die ganze Sache kam mir jetzt ziemlich abenteuerlich vor. Aber erstens war ich schon mal hier und zweitens immer noch neugierig.

»Es geht um Ihre Doktorarbeit.«

Sie lächelte.

»So dringend wollen Sie die Beförderungsstelle?«

Damit hatte ich nicht gerechnet. Anscheinend hielt sie das Ganze für einen Erpressungsversuch. Ich schluckte den Ärger herunter.

»Nicht dringender als jeder andere auch. Aber darum geht's jetzt nicht.«

Sie sah mich lange an.

»Hätte auch nicht zu Ihnen gepasst.«

Sie griff in ihre Businesshandtasche und holte eine Schachtel Zigaretten hervor, steckte sich eine an.

Ich war geplättet. Dieser Inbegriff karrierebewusster Political Correctness rauchte, und das noch ziemlich routiniert. Immerhin, ich konnte mein Zigarillo ohne schlechtes Gewissen anmachen und es ihr nachtun.

»Was wollen Sie?«, fragte sie.

Ich beschloss, ehrlich zu sein.

»Ich möchte meine Neugier befriedigen. Sie haben mich angerufen und sich nach Conradi erkundigt. Dabei kannten Sie ihn selbst ziemlich gut. Er war 1974 Assistent bei Ihrem Vater, und zur selben Zeit haben Sie in Münster promoviert. Zwar an einem anderen Institut, aber so groß ist Münster nun auch wieder nicht. Ich weiß es, ich habe selber da studiert. Sie promovierten in Strafrecht. Kaum waren Sie fertig, verließ Conradi das Institut und wurde ein erfolgreicher Strafverteidiger. Sie müssen einander gekannt haben. Sie hätten ihn also ganz einfach selbst fragen können. Und was war mit der Doktorarbeit? Hat er Ihnen dabei geholfen?«

Sie steckte sich eine zweite Zigarette an und sah sich nach allen Seiten um. »Er hat sie geschrieben.«

Das überraschte mich nun doch.

Sie inhalierte tief.

»Sie kennen meinen Vater?«

»Ich habe ein paar Vorlesungen bei ihm gehört.«

»Mein Vater ist ein Arschloch.«

Madame hatte anscheinend noch mehr dunkle Seiten, als ich bisher geahnt hatte.

»Ich bin Einserjuristin.«

Sie sagte das völlig selbstverständlich.

»Das hat ihn nie interessiert. Es hat ihn überhaupt nicht interessiert, was ich machte. Ich wollte natürlich promovieren und natürlich an seiner Uni. Staatsrecht und Verfassungsrecht gingen ja schlecht, sein Institut. Da habe ich mir jemanden gesucht, der zumindest genauso anerkannt und berühmt war wie er.«

Mir ging ein Licht auf.

»Schwicking, der Strafrechtspapst.«

Sie nickte.

»Deshalb Strafrecht. Natürlich hat er mich genommen, aber als ich das Thema dann hatte, ging es einfach nicht. Ich kam damit nicht zurecht. Ich bin richtig zusammengeklappt.«

Sie steckte die dritte Zigarette an.
»Ich wusste nicht mehr weiter.«
Sie wischte sich über die Augen.
Das erschütterte mich. Tränen bei dieser Frau? Ich zündete umständlich mein Zigarillo wieder an, das ausgegangen war.
»Verzeihen Sie die dumme Frage. Warum haben Sie die Arbeit nicht einfach zurückgegeben und sich ein anderes Thema geben lassen?«
Sie starrte mich an, als sei ich etwas schwer von Begriff.
»Das wäre doch die Niederlage überhaupt gewesen. Ich hätte eingestanden, dass ich's nicht schaffe.«
»Und da haben Sie Conradi gefragt.«
Sie nickte langsam.
»Ich kannte ihn eben so, wie man den Assistenten des Vaters kennt. Ich wusste nicht, an wen ich mich sonst wenden sollte. Da habe ich ihn gefragt, was ich machen könne. Sie kannten ihn ja: großspurig, spontan, ein Angeber, aber manchmal eben genial. Er grinste mich an und sagte: Pass auf, ich schreib sie dir. Erhol dich. Wenn du wiederkommst, ist sie fertig. Er wollte nichts dafür haben. Ich glaube, es machte ihm einfach Spaß, dem Alten diesen Streich zu spielen. Wahrscheinlich konnte er ihn auch nicht besonders gut leiden. Ich fuhr anschließend für drei Monate an die Nordsee, angeblich um zu arbeiten. In Wirklichkeit habe ich mich da erholt. Als ich wiederkam, war die Arbeit fertig. Ich habe mich dann da reingekniet. Alle Zitate nachgelesen, alle Gedanken

nachvollzogen. Das Rigorosum war kein Problem. Summa cum laude.«

»Und Conradi ist danach ausgestiegen und Strafverteidiger geworden.«

»Wir haben nie drüber gesprochen. Aber ich denke, er hatte einfach genug von der Uni und von meinem Vater.«

Sie packte ihre Zigaretten ein und stand auf.

»Ich hoffe, Ihre Neugier ist jetzt befriedigt.«

Jetzt wieder ganz Präsidentin und von oben herab.

Ich blieb sitzen.

»Noch nicht ganz. Warum haben Sie mich angerufen? Sie hatten doch Kontakt mit Conradi. Sie waren doch in seinem Auto in der Nacht.«

Sie setzte sich langsam wieder.

»Tatsächlich?«

Ich nickte langsam.

»Ihre DNA.«

Sie starrte auf das Pflaster an ihrem Finger.

»Und was besagt das?«

»Es gibt einen Zeugen für die Nacht, in der Conradi starb.«

Sie holte ihre Zigaretten wieder heraus, steckte sich eine an und inhalierte tief.

»Vor ein paar Wochen rief Conradi mich an. Er war fürchterlich wütend, fast schon in Panik. Irgendjemand hatte das Gerücht verbreitet, er habe Mandantengelder unterschlagen. Ein paar Mandanten waren schon abgesprungen. Er wollte wissen, wer dahintersteckte. Ich konnte ihm auch nicht weiterhelfen, und er bat mich rumzuhören. Das war natürlich ziemlich schwierig. Wenn die Präsidentin offiziell Fragen stellt, bekommen Gerüchte ein ganz anderes Gewicht. Das sieht dann gleich nach einer offiziellen Untersuchung aus. Abschlagen konnte ich es ihm aber auch nicht. Also habe ich es auf einer eher privaten Ebene versucht.« Sie hob den Kopf. »Sie wissen doch, wie das geht. Wenn jemand befördert werden möchte, ist er von meiner Beurteilung abhängig, also eher zur … Zusammenarbeit bereit.« Sie lächelte leicht. »Ich habe mich über Sie erkundigt. Sie hatten als Schöffenrichter öfter mit ihm zu tun und außerdem das gleiche Hobby.«

Die Beförderungsstelle war also nur ein Köder gewesen. Heftig drückte ich mein Zigarillo aus.

Sie sah mir den Ärger wohl an und hob entschuldigend die Hand.

»Die Stelle gibt es tatsächlich. Und Sie wären schon geeignet.«

»Nein, danke, nicht als Honorar für Spitzeldienste.«

»Seien Sie nicht albern. Ich musste schon jemanden aussuchen, der geeignet ist. Und bei den Anwälten konnte ich ja schlecht nachfragen. Sie wissen, wie in unserem Mikrokosmos geklatscht wird. Vielleicht hätte ich ja ausgerechnet denjenigen gefragt, der für die Gerüchte verantwortlich war. Sie waren schon der Richtige.«

Ich war immer noch wütend.

»Und weiter?«

Sie sah auf ihre Hände.

»Conradi rief mich an und wollte wissen, was ich herausgefunden hatte. Aber nicht am Telefon. Wir verabredeten uns in Datteln.«

Ihre Stimme wurde immer leiser. Ich musste mich vorbeugen, um sie zu verstehen.

»Ich habe versucht, ihm zu erklären, dass ich nicht offiziell nachfragen kann, und Sie wussten ja auch nichts. Da wurde er furchtbar wütend. Wir waren in seinem alten Auto unterwegs. Irgendwie war er paranoid. Niemand sollte uns hören. Er machte mir eine richtige Szene. Ich müsse ihm helfen, er hätte mir schon bei ganz anderen Sachen geholfen …«

Sie stockte.

»Und dann?«, fragte ich.

Aber der Moment der Schwäche war vorbei. Die Stimme war wieder distanziert und kühl.

»Dann gab es einen Unfall. Mir ist überhaupt nichts passiert. Er war sofort tot.«

Sie drückte ihre Zigarette aus, stand auf und sah auf mich herab.

»Ihre Beweismittel sind prozessual etwas … zweifelhaft.«

Ich erhob mich ebenfalls.

»Hermann Tobüren weiß Bescheid, und wir können beide nicht so tun, als ob wir nichts wüssten. Es kommt auf alle Fälle raus.«

Sie nickte.

»Ich werden die Staatsanwaltschaft morgen selber informieren. Lassen Sie mir bis dahin Zeit.«

*

Als ich zu Hause war, rief ich Hermann an. »Morgen früh wird sich jemand bei euch melden.«

»Bist du sicher?«

»Bin ich.«

22

Ein freisprechendes Urteil ergeht nur, wenn die Unschuld des Angeklagten erwiesen ist oder seine Schuld unter keinem rechtlichen Gesichtspunkt (...) festgestellt werden kann. (Meyer-Goßner, Strafprozeßordnung, Randnummer 17 zu § 260)

Vier Tage später war das Schlimmste vorbei. Die Presse mit den großen Buchstaben hatte ihre Schlagzeilen gehabt. »Verbotene Liebe – die Präsidentin und der Staranwalt?« Das Glandroper Tageblatt hatte einen langen Kommentar über die Abgründe in der Justiz gebracht, allerdings durch wenig Sachkenntnis getrübt. Hermann war von einer Pressekonferenz zur nächsten weitergereicht worden und erholte sich jetzt zweifellos irgendwo bei einem Bier.

*

Claudia und ich drehten unsere allabendliche Runde durch den Stadtwald. Zenta war gerade dabei, ein paar befreundete Kaninchen zu besuchen.

Ich hatte meier Frau die ganze Geschichte erzählt, und sie hatte eine Weile darauf herumgekaut. »Was war jetzt eigentlich mit den Gerüchten über Conradi?«, fragte sie.

Ich zuckte mit den Achseln. »Ich habe ein bisschen nach gefragt. Nichts Genaues weiß niemand. Matze meint, dass da vielleicht irgendein missmutiger Konkurrent mit Schmutz geworfen hat.«

»Und, glaubst du das auch?«

»Du kennst doch die Justiz. Da sitzen jeden Tag stundenlang Rechtsanwälte, Staatsanwälte und Richter in irgendwelchen Kantinen herum und klatschen miteinander. Ich denke schon, dass irgendjemand sauer auf Conradi war. Aber ich glaube nicht, dass Conradi linke Sachen gemacht hat. Das hatte er nicht nötig, und außerdem war er dazu zu intelligent. Deshalb war er wohl so sauer, Beleidigung seiner Intelligenz und so. Er hat natürlich anderen auf die Füße getreten. Vor allen Dingen in großen Prozessen mit reichlich Presse hat er andere Anwälte rausgedrängt und selbst die Verteidigung übernommen. Aber da war er nicht der Einzige.«

Claudia lächelte schief. »Organ der Rechtspflege, nicht? Nachher lässt er sich dann mit dem Honorar bezahlen, das der Täter für seine authentische Geschichte von irgendeinem Revolverblatt bekommt.«

Ich nahm sie in den Arm. »So funktioniert die freie Marktwirtschaft in der Justiz. Aber ernsthaft: Ich denke, irgendwann hat irgendwer mal gesagt, dass es ihn nicht wundern würde, wenn Conradi möglicherweise

Dreck am Stecken hätte. Das kam dann in der nächsten Kantine schon so an, dass er ganz bestimmt Dreck am Stecken hat und so weiter und so weiter. Das geht ab wie die Stille Post.«

Wir gingen eine Weile schweigend nebeneinander her. Plötzlich blieb Claudia stehen. »Hatten die beiden was miteinander?«

»Glaube ich nicht. Denk dran, was Wolli erzählt hat. Sie war nicht sein Typ. Und ansonsten – ich weiß es nicht. Irgendwas ist in dem Auto passiert. Ihre DNA ist am Lenkrad, und zwar auf der rechten Seite. Vielleicht hat sie ihm ins Steuer gegriffen, vielleicht ist er dadurch von der Straße abgekommen. Ob sie ihn umbringen wollte oder sich selbst und ihn oder ob es nur ein Reflex war? Ich glaube nicht, dass man das jemals rausfinden wird.«

»Und du meinst wirklich, sie kommt mit der Geschichte durch?«

»Warum denn nicht. Wenn es überhaupt keine Straftat gibt?«

»Wo ist sie jetzt eigentlich?«, fragte Claudia.

»Keine Ahnung. Sie hat sich beurlauben lassen. Es gibt keinen Haftbefehl. Ich denke, sie wartet ab.«

»Hat sie einen Anwalt?«

»Ja, Dreesemann.«

»Dreesemann, der kann doch Richter generell nicht leiden.«

»Aber er ist gut.«

»Du meinst, sie hat eine Chance?«

»Eine ziemlich gute.«

Claudia strich mir sanft über das Haar. »Ihr seid ein schöner Verein.«

»Aber manche sind schöner als andere.«

Sie kuschelte sich an mich. »Ja, mein Streiter für die Gerechtigkeit.«